# El sermón de los muertos

Miguel Ángel de León Ruiz V.

SUMA
de letras

**El sermón de los muertos**

D. R. © 2015, Miguel Ángel de León Ruiz V.

Primera edición: febrero de 2015

D. R. © 2015, derechos de edición mundiales en lengua castellana:
Santillana Ediciones Generales, S.A de C.V., una empresa de
Penguin Random House Grupo Editorial, S.A. de C.V.
Blvd. Miguel de Cervantes Saavedra núm. 301, 1er piso,
colonia Granada, delegación Miguel Hidalgo, C.P. 11520,
México, D.F.

www.megustaleer.com.mx

Diseño de cubierta: Departamento de diseño de Penguin Random House
Grupo Editorial

Comentarios sobre la edición y el contenido de este libro a:
megustaleer@penguinrandomhouse.com

ISBN 978-607-113-588-9

Impreso en México / *Printed in Mexico*

# *Casete sin título*

—… para ellos eres una santa —dije.

—¿Una santa? No seas idiota, sólo me utilizan, lo sé, pero a mí me conviene. Todo lo que ves viene de ellos. ¿Por qué crees que tienes que hacer cuentas con él cada semana? José es uno de los juramentados y eso lo sabes, maneja las cuentas de la santa Iglesia, es el dinero que llega por vender el cielo al mejor postor, por perdonar la traición y el asesinato… Convierten la suciedad de los hombres en oro. Ese es su verdadero milagro. —Se quedó en silencio, tomó la cajetilla y encendió otro cigarro. Su respiración era agitada, noté que sus manos temblaban. Dio una larga fumada. A la luz del quinqué, su sombra danzaba encadenada con amargura sobre la pared de la bodega. Prosiguió—: Las guerras se crean por las envidias del poder, se alimentan con dinero y crecen en el odio. En ellas se crean héroes o traidores, pero nunca santos. Quien quiera hacer creer lo contrario es un loco o un perverso que pretende aprovechar la fe de inocentes para proteger sus extravíos…

Sentí que ella tenía más cosas que decir pero no tenía la voz para hacerlo. El aguadal se le desbordó por dentro pero las lágrimas que le brotaban parecían no pertenecerle.

Dos días después fui a hacer las cuentas del negocio con don José, platiqué lo que ella me había contado, él pareció sorprenderse, entonces comprendí que debí haberme quedado callado.

Al otro día ella no llegó como siempre para abrir la bodega. Con las primeras luces, dos gendarmes fueron a buscarme, su sirvienta la había encontrado muerta en su recámara. Cuando llegué, la vi sobre su cama, la boca abierta en un grito interrumpido en el corazón de la noche, sus ojos fijos en el techo aún reflejaban el terror del momento, la herida parecía una pitaya roja reventada en medio del pecho. Tirados en el piso: un crucifijo y una Biblia.

Presentí estar frente al precio de mi indiscreción. Luego recordé aquella frase: "Dios está de por medio". Aquel día expulsé todas las lágrimas de mi pecho, incluso el alma.

# Beatriz I

La tierra no soportó más, un gemido desgarró sus entrañas y por la ladera norte vomitó sus dolores en forma de agua; peñascos y árboles saltaron aterrorizados ante el repentino lamento; el estrépito cimbró el valle en la oscuridad. Una gran ola de montaña líquida cayó sobre el caserío aún aturdido por la noche. En su estertor la tierra expulsó a los muertos de sus tumbas y se arrastraron por el pueblo empujados por la corriente. Así vinieron por nosotros.

Los muros de la casa cayeron sobre mis padres, no tuvieron tiempo de saber que el agua negra los estaba comiendo, yo lo vi pero el miedo me tapó la boca y la inundó de silencio, sólo atiné a detenerme de una viga tambaleante en lo que quedaba de techo, mi hermano no pudo, él desde su miedo gritaba para que lo sacaran de ahí, pero qué caso, la gente tenía oídos sólo para sus desgracias, creo que en uno de esos gritos se le metió la muerte, por eso se fue soltando como resignado, cuando cayó no hizo ruido, el agua se lo tragó de un bocado, no hubo manoteos ni más gritos, sólo vi su cobija que como sombra se fue flotando en la corriente, me quedé temblando con los ojos apretados para no mirar, no fuera a ser que a mí también me entraran las ganas de soltarme.

El día amaneció claro, como si nada, el agua se había ido así como llegó, dejando un lodazal. Debajo de mí, la mano de mi padre, enmugrecida por el lodo, sobresalía entre los adobes, parecía despedirse, yo lo miraba para ver si se movía, uno de sus dedos estaba retorcido como charamusca, las moscas empezaron a zumbar alrededor, primero una, luego otra, verdes y gordas como mayates, después me cayó el sueño, hasta que la gente que quedó, salió del susto y empezó a trajinar por el pueblo, unos gemían, otros gritaban preguntando por los que ya no estaban.

Cuando por fin llegaron hasta la casa, no quería bajar, no fuera a ser que regresara el agua. Luego de un rato me convencieron, querían que buscara a mi hermano. Les dije que había visto cómo se lo había tragado el agua cuando se le metieron las ganas de morirse, pero ellos no hicieron caso, querían que bajara, luego se pusieron a quitar los adobes para sacar primero a mi padre, a él lo sorprendió el fin cuando aún no regresaba del sueño, parecía dormido muy quieto entre aquel negro lodazal. Encontrar a mi madre les costó más trabajo, la corriente la arrastró hasta una esquina del jacal, ella estaba como si se hubiera dado cuenta de lo que pasaba, con ojos y boca bien abiertos, llenos de tierra, tenía la mano en la cara como si hubiera querido espantar la muerte.

El pueblo había quedado destruido; todas las casas por ningún lado, muchos ya no estaban, a unos se los había tragado el agua, a otros la tierra, no sé cuántos hayan despertado sólo para que los alcanzara el sueño eterno.

Como dormido, caminé por el pueblo para arriba y para abajo, por mis ojos entraba la pura destrucción.

Lo único que se salvó fue la iglesia y allí, en el atrio, amontonaron los cadáveres. A los difuntos viejos junto al muro de la entrada y a los nuevos bajo el fresno para que el sol no los hinchara. Los más antiguos que quedaron completos fueron alineados con sus carnes grises como madera seca y sus dientes al aire, algunos parecían reírse de los recién llegados, otros gritar en silencio con el dolor de los abandonados, a un lado fueron amontonando los huesos blancos llenos de lodo que encontraron desperdigados por el pueblo: calaveras, quijadas, costillares, brazos y manos secas que habían perdido sus cuerpos... Pedazos de ropa. A mi hermano lo encontraron allá por la salida del barrio de abajo, ahí no quedó nada en pie, dijeron que estaba enredado entre unos espinos, bajo el tronco de un árbol que arrastró la corriente. La gente quería que yo fuera, pero no quise verlo.

Por ese rumbo, hallaron también a don Chavín y a doña Juana, dicen que los encontraron entre perros y gallinas muertas, el aguadal no hizo distingos. Más para allá, en el plan encontraron la demás mortandad, fueron muchos, casi medio pueblo. Poco a poco los trajeron a todos, los fueron acomodando uno al lado del otro, la hilera fue creciendo, y al rato el fresno no alcanzó, las hileras de difuntos casi llenaron el atrio. A los animales no los trajeron, a ellos los dejaron allá. El sol apretaba, era la hora en que se come las sombras. A Filiberto y a mí nos dejaron a la entrada del atrio para espantar a los perros que quedaban vivos y a los zopilotes que comenzaron a oler la tristeza, la noticia corrió pronto, llegaron las gentes del mesón y comenzaron a llenar de cal los cuerpos, todo aquello se llenó de blancura.

Al otro día bajé hasta donde habían quedado los restos de los animales, se veían hinchados, la muerte les había empezado a crecer por dentro, el olor a podrido se metía por los ojos, nos pusimos unos paños en la boca, pero aquella pestilencia se pegaba al cuerpo, a unos nos tocó quitar las ramas, a otros juntar animales y amontonarlos, el cerro sin vida se fue haciendo más y más grande, luego el maestro Fabián, a quien le decíamos *el Abrojo*, sacó una lata de petróleo que vació en aquel cadaverío y le prendió fuego, la lumbre brincó como si de repente hubiéramos traído un pedazo del infierno, el chirrido de la chamusquina era la risa del demonio. Entre las llamas los animales se retorcían de un lado para otro, querían mirarme con sus ojos en blanco, reventados como huamúchiles maduros, no podía voltear para otro lado. Los demás se fueron, yo me quedé ahí hasta las campanadas del rosario; cuando llegué hasta el templo, desde ahí se divisaba la humareda, el olor de la carne achicharrada quedó rondando por el pueblo muchos días.

A los difuntos nuevos les hicieron una misa, ellos en el atrio y nosotros, los que quedamos, adentro, todo era quejos y llanto, la gente quería sacar el agua mala que les había entrado, no quise mirar a mi padre, tampoco a Juan, mi hermano, sólo a mi madre, yo sabía que ella no tenía culpa. Esta vez no hubo cohetes ni procesiones, como pudieron los fueron llevando al camposanto, la gente no se daba abasto, el señor cura Gabino, de un lado para otro echando rezos y agua bendita, no quería que ninguno se le fuera sin bendición, a unos les tocaba rezo, a otros más agua, en el camposanto los hombres escarbaban entre el lodazal; con todos atareados en la enterradera, tuve tiempo de recorrer la hilera de cuerpos viejos, traté de encontrar a Beatriz pero no estaba.

## Beatriz II

Beatriz era hija de Epifanio, el dueño de la tienda del pueblo, a la que llamaron La Reina, y también era dueño de mucha tierra. Los días de pitaya la gente se amontonaba recién clareando fuera de la tienda, con sus canastos llenos de pitayas para sacar unos centavos. Epifanio no dejaba a Beatriz sola en el despacho, porque decía que era muy manirrota, que siempre daba un puño de maíz o una palada más de café. A mí muchas veces me daba o un puñito de dulces o una pieza de piloncillo, mientras me hacía la seña de que me quedara callado. Verónica, la empleada, me miraba de reojo como enojada, en ese tiempo ella no me gustaba.

El señor cura dijo que la desgracia del aguadal era un castigo por nuestros grandes pecados. Se enojó con todos cuando se empeñaron en enterrar a Beatriz en el camposanto, dijo que eso era un pecado mayor que el de ella, pero a nadie le importaron sus amenazas, la velaron como a cualquier cristiano, le cantaron el *Alabado*, le echaron sus rezos con todo y letanía, luego en la mañana rumbo al panteón le aventaron sus cohetes, lo peor fue que uno de los hijos de Sabino, en un descuido del señor cura, llegó hasta el campanario y cometió la barbaridad de tocar la campana a muerto.

Beatriz era buena, nadie sabe por qué se le ocurrió aquello. Todo pasó un mes antes del aguadal, la gente habla pero nadie dice nada de cierto. Aquella mañana, la noticia se regó como ventarrón, al principio no lo creí pero las cosas se fueron dando, primero la gente se amontonó fuera del despacho, no atinaban a entrar, hasta que alguien prendió una veladora y la puso fuera de la casa y empezó con los rezos, entonces los demás la siguieron, pero salió Epifanio, casi no lo reconocí, traía la cara hinchada como si se acabara de levantar, los ojos rojos, con un grito maldijo al Altísimo y de una patada tiró la veladora que salió volando entre la gente para estrellarse al otro lado de la calle, luego se echó a llorar quedito, no quería que le salieran las lágrimas, pero el agua le seguía naciendo por dentro y parecía como si lo estuviera ahogando.

Epifanio regresó a la casa gimoteando, nos quedamos sin saber qué hacer, en esas estábamos cuando se oyó cómo echaron la tranca, luego cerraron el portón de la tienda, la gente no decía nada, seguro que en esos momentos nos iba cayendo el pecado sin darnos cuenta.

Se fueron retirando uno por uno, pero sólo para regresar con su silla; al rato, toda la calle estaba otra vez llena. Nadie rezaba, sólo murmuraban, me quedé ahí sentado, no recuerdo lo que pensaba, de lo que sí me acuerdo es de que me sentía triste y que aquel murmullo se me figuraba el ruido del arroyo, y ahora que mejor lo pienso eso era una señal de lo que nos iba a pasar.

# Beatriz III

Estábamos en la calle, nadie hablaba, tampoco rezaba, las puertas de la casa estaban cerradas, pronto llegó el señor cura, lo seguía Filiberto cargando la caja donde traía los sagrados santos óleos. Empujó la puerta pero estaba cerrada, tocó muy fuerte para que lo oyeran, sólo su resuello agitado se escuchaba, la puerta se abrió, mal habían entrado cuando el señor cura puso a Filiberto en la calle y de nuevo cerró la puerta, él se quedó allí con los ojos bien pelados, la gente lo miraba y él no se movía. Tiempo después, cuando andaba en la revuelta y miraba a algún cristiano que estaban a punto de fusilar no sé por qué, se me venía a la memoria Filiberto parado delante de esa puerta, a punto de soltar el llanto.

Siempre que había algún muerto en el pueblo, Filiberto se convertía en el niño más buscado, él sabía los detalles de la muerte, hasta las personas grandes le preguntaban: que si la viuda estaba triste, que si los hijos estaban en el trance; bueno, hasta el día que murió el juez platicó que cuando le echaron el agua bendita, había visto cómo le salió al difunto un humo muy negro de la boca, luego aseguraron que era el mero demonio el que había salido huyendo de los poderes sagrados del Altísimo. El juez leía libros de esos que dicen las cosas que no se deben decir para no ofender a los santos en su infinita bondad.

Pero esta vez estaba visto que nadie iba a saber los detalles por su boca y para mí mejor, porque luego para hacerse el interesante contaba puras mentiras, la gente que lo oía le iba agregando más y más cosas, y así los difuntos terminaban pareciendo santos de los altares o caminando por las oscuridades del infierno, dependiendo del ánimo de las mentiras de Filiberto y la mala entraña de quien las oía; por eso, para mí fue bueno que lo regresaran y que todo el pueblo fuera testigo, así no podría con sus mentiras importunar a Beatriz estuviera donde estuviera.

No había pasado mucho tiempo cuando el cura salió de la casa, en su prisa se llevó entre las piernas a Filiberto que estaba todavía parado en la puerta como estatua, tropezaron con doña María y los tres rodaron entre la gente, la caja con los sagrados santos óleos fue a parar al suelo, los pomos derramaron en la tierra sus santos contenidos, la gente no atinaba si a levantar al cura, a doña María o lo que quedaba de los frascos santos. Cuando por fin se pudieron levantar, don Gabino, el cura, estaba todavía más enojado, le dio un pescozón a Filiberto que salió corriendo a grito tendido, el señor cura con su sotana toda empolvada se fue echando chispas rumbo a su iglesia, ni siquiera se acordó de recoger sus sagrados santos óleos. Si no hubiera sido porque había muerto Beatriz, la gente habría soltado la risa aunque fuera volteando para otro lado.

Cuando empezaba a pardear, llegaron como zopilotes las viejas del templo, esas que se pasan la vida pegadas a la sotana de los curas, trayendo chismes de allá para acá. Dijeron que el señor cura estaba muy enojado y decía que a Epifanio se le había metido el demonio y, como si las hubiera oído, en ese momento la mamá de Beatriz abrió la puerta, toda de negro, su cara blanca, se veía como una aparecida, a mí me entró un escalofrío cuando la vi, casi una sombra, con los labios apretados para no soltar el llanto, a los papás de Beatriz el agua se les seguía acumulando por dentro. Poco a poco la gente se fue animando a entrar a la casa, cargaban su silla, nadie decía nada, la acomodaban en el corredor y se sentaban mirando al suelo, los hombres jugaban con sus sombreros como si estuvieran recorriendo las cuentas de un rosario, las mujeres con las puntas de sus rebozos, nadie se acomedía a hacer nada. A don Epifanio no se le vio en todo el velorio, apareció cuando llevábamos a Beatriz al panteón, al señor cura lo vimos muy apurado mientras cerraba las puertas de la iglesia junto con el papá de Filiberto, cuando el cortejo pasaba frente a ella, de ahí no se volvió a aparecer hasta después del aguadal, de seguro él sabía que nos iba a caer la maldición y se quedó quieto en un lugar seguro esperando a que todo sucediera.

# Beatriz IV

Siempre creí que a Verónica no le gustaba que Beatriz anduviera regalando cosas, pero un día descubrí cómo cruzaban miradas conteniendo la risa.

Ella tampoco apareció en el sepelio; de por sí poco se le veía salir, ni siquiera los domingos por la tarde cuando el despacho cerraba. Vivía en la casa como de la familia, su cuarto tenía una puerta que daba a la tienda, era una muchacha muy alta, parecía una vela larga y descolorida, se valía sola para cargar cualquier cosa, muchas veces en el comercio cuando la veía cargar costales de grano creía que se iba a quebrar, y como las velas iba a quedar colgando partida en dos, sólo detenida por el pabilo. Siempre decía: "No necesito de bules para nadar". En el pueblo poco se sabía de ella, decían que era una hija perdida de don Epifanio, otros que era hija de un mal amor de una hermana de él, lo único cierto era que nadie sabía nada, por eso cuando desapareció con la muerte de Beatriz, la gente siguió inventado, que dizque la habían agarrado robando, que se había enamorado de un vendedor de jarcias, que mes con mes pasaba por el pueblo y que se había ido con él a escondidas, nadie sabía nada ni se atrevía a preguntar de bien a bien, pero hablaban, "levantar falsos es también un pecado", decía el señor cura, ahora que lo pienso a lo mejor ese es el pecado del pueblo, por eso nos cayó el aguadal.

Desde el día que murió Beatriz nadie volvió a ver a Verónica, yo no la vi en el velorio, tampoco en el entierro. Algunos dicen que la vieron en el panteón, escondida entre los fresnos como alma en pena, si eso es cierto, seguro que se aguantó el llanto para que tampoco la oyéramos, a los de esa casa les estaba creciendo la condena por dentro, menos a Beatriz porque ella ya estaba muerta.

Pero creo que la mayor culpa del aguadal la tuvo el pueblo, nuestros pecados se fueron juntando, tantos chismes, tantas maledicencias, fueron haciendo que la maldad se acumulara, hasta que ya no pudo más y se nos vino encima como para lavar de una vez por todas nuestras grandes maldades, creo que yo también tuve mucha culpa.

## Beatriz V

Yo conocía muy bien esa casa. Era grande, con un patio en el centro, rodeado por un corredor con arcos, sus techos altos. No tenía tapanco. Al fondo había una puerta que daba a la huerta donde tenían el cuarto de la labor, para tostar y moler el café, más adelante otro cuarto muy grande que daba a la otra calle, ahí guardaba Epifanio la cosecha. La casa siempre olía a flores, aunque la que olía mejor que todas era Beatriz y no lo digo porque ahora esté muerta, sino porque cuando me mandaban a comprar el café yo siempre le decía que mi mamá quería que fuera del recién molido, entonces ella me pasaba a su casa y me llevaba al cuarto de la labor, mientras ella trajinaba yo aprovechaba, sin que se diera cuenta acercaba mi nariz a su largo pelo para poder olerlo, el aroma del café se desvanecía y sólo quedaba su olor, puedo jurar que nunca he sentido un perfume tan bonito como ese, un olor que se metía por todo el cuerpo y adentro crecía como si te llenara. Nunca se lo dije, pero estoy seguro de que ella lo sabía, a veces me sonreía y con cariño me palmeaba el hombro, luego pasábamos de nuevo a la tienda y ahí pesaba la bolsa con el café, yo le entregaba unas monedas y ella me daba mi puñito de dulces.

Por eso cuando la velaron sabía bien por dónde meterme para llegar hasta ella, la acomodaron en el cuarto más grande, estaba hasta el fondo, sobre una mesa, en medio de una cama de flores de todos los colores, la habían arreglado con un vestido blanco de cuello alto como para esconderle la muerte, traía unos huaraches del mismo color, una corona de flores blancas adornaba su cabeza, las manos sobre el pecho sostenían una azucena. La gente se fue animando, así como crece el musgo en los nogales, del pasillo pasaron a la puerta del cuarto, después adentro de él, luego de un rato ahí sentados y como no queriendo la cosa, se acercaron uno por uno a la difunta, algunos se persignaban, otros nomás se le quedaban mirando, soltaban un suspiro y regresaban a su lugar, yo me apropié de una silla, me puse lo más cerca que pude de ella, pero no tanto como para provocar un regaño, trataba de oler su cabello pero no podía, el olor de los cirios, la bandeja con vinagre y cebolla que estaba bajo la mesa acabaron con mis ganas y tuve que salir corriendo a la calle para no vomitar sobre el vestido blanco de la difunta Beatriz.

Luego llegaron sus padrinos de Techaluta, traían dos gruesas de cohetes, más flores y un crucifijo que colocaron en su pecho. Cuando llegó el fotógrafo se hizo claro que no veríamos ni a Epifanio ni a Verónica en el velorio, sólo los padrinos y la mamá a un lado de Beatriz. Una vez tomada la foto la madrina no aguantó el llanto y dejó salir toda el agua que le había crecido, así debieron de pasar toda la noche entre rezos, *Alabados* y tazas de café. Mi madre me mandó a dormir a la casa, pero no pude conciliar el sueño. Cuando subí al tapanco, mi hermano hacía rato que estaba dormido, me la pasé dando vueltas en mi colchón, la paja me picaba como si me desconociera, la cara de Beatriz se aparecía por todos lados pero sin el olor de sus cabellos, caí en la cuenta de que ya no la volvería a ver, que ya no me hablaría; me sentí olvidado, como si aquella oscuridad se hubiera tragado al mundo, lloré con cuidado para no despertar a mi hermano. Muy larga fue esa noche, más larga que la noche del aguadal un mes más tarde y casi tanto como la que pasaría años después escondido en el espinazo de la sierra, viendo la cara de mis compañeros degollados por los federales.

Cuando por fin amaneció, tomé mi morral de labor y me fui derecho a la casa de Beatriz, la gente aún no se quitaba la noche de encima, habían quedado desparramados por el pasillo, envueltos en sus cobijas, pronto iniciaron los rezos matutinos, el olor a cera se metía por el cuerpo. Cecilia, su madre, sentada en una silla descansaba la cabeza sobre los pies de la hija muerta. A media mañana llegaron con el cajón de pino recién hecho. Olía a madera fresca. Colocaron a Beatriz dentro de él. La gente se arremolinó en la habitación, unos para ayudar, otros sólo para mirar. Yo no pude ver nada; cuando la sacaron a la calle, me quedé en el cuarto y recogí las flores que quedaron tiradas en el piso.

Los cohetones rompían la mañana, anunciaban al pueblo que la difunta en andas iría al camposanto, yo caminaba tras la procesión, estaba triste por Beatriz, no sé si le hubiera gustado tanto enojo, ella no era así, siempre traía la risa, no peleaba con nadie. Ahora que lo pienso el rodeo que dieron era para que la procesión pasara por enfrente del templo como para retar al Altísimo. En ese tiempo no teníamos conciencia del mal que se nos podía venir, pero ahí andábamos a cohete y cohete. Cuando llegamos al panteón la fosa abierta nos esperaba, colocaron el cajón en el suelo, no podía ver lo que pasaba, sólo escuché cómo clavaban la tapa, una y otra vez el golpe del martillo. La gente no lloró, esperó a que terminara aquello.

Yo no creo que, como dice la gente, Verónica anduviera por esos lugares. Cuando quedé solo me acerqué a la tumba, una cruz de madera y un montón de tierra floja, no hubo agua bendita, de mi morral saqué las flores y las aventé sobre la tierra, luego con cuidado saqué la botella de los sagrados santos óleos que no se había quebrado y rocié la tierra, no sabía qué decir y repetí: "Santo, santo, santo". Con el poco aceite que quedaba marqué una cruz en mi frente.

Siempre he pensado que ese fue el pecado que llenó el vaso, debió de ser un gran sacrilegio usar las cosas sagradas del Señor, al otro día de mi pecado, la botella de los santos óleos apareció en la puerta de mi casa, no supe cómo llegó hasta ahí. Yo quedé muy preocupado, era una señal pero no dije nada. También amaneció lloviendo, como si el Altísimo nos estuviera regresando el agua que nos creció por dentro, y así sin parar, hasta que nos cayó el aguadal. Me escapé del agua, pero el castigo me ha venido siguiendo muchos años.

# El Capulín I

Era de noche, escuché disparos y gritos, yo me quedé acurrucado en aquel lugar para no ser descubierto, el miedo que me paralizaba se convirtió en frío, no podía detener aquellos temblores, traté de pensar en otras cosas, de no respirar, estaba en alguna parte de la sierra. Después de un rato, debí de haberme quedado dormido. No sé cuánto tiempo pasó, pero fue el calor del mediodía el que me regresó a la realidad. Trataba de escuchar algún sonido, todo era en silencio, me levanté con cuidado y salí de mi escondite, a unos pasos de mí, sobre una gran piedra, el Capulín estaba tendido boca arriba, sus ojos miraban al sol desesperados, su boca abierta dejaba ver sus dientes manchados por el tabaco; hacía muchas horas que por el tajo en la garganta se le había escapado la vida, ríos negros, ahora secos, mostraban el camino de sus últimos alientos que habían escurrido por la roca hasta mezclarse con la tierra de la montaña que los bebió sedienta.

Sin poder retirar la mirada de sus ojos vacíos caminé hacia él. Las moscas entraban y salían por la herida, otras recorrían su boca. Traté de alejar aquel animalero de muerte, pero siempre regresaban. Me quité la chaqueta y la puse sobre su cara. Cuando miré hacia el campamento, quedé espantado con aquel reguero de cuerpos.

Desperté asustado en mi camastro, aquella visión siguió rondándome, estaba por amanecer, en la prisión iniciaba otro día, el sonido de las rejas y el toque a reunión terminaron por espantar mis recuerdos, en diez minutos debía estar formado para el primer pase de lista.

Llevaba casi cuatro meses detenido en la prisión de Escobedo, de las primeras semanas no tenía conciencia, mi entendimiento estaba nublado. Cuando me trajeron, mi mente vagaba sin rumbo entre las pesadillas, el horror y la culpa. El primer día me encontré en un patio, todo me era desconocido y extraño. Ahora sé que era el patio destinado para los alzados, pero en ese momento yo estaba perdido, no sabía cómo había llegado hasta ahí; en una esquina, me recosté contra la pared, nadie se ocupó de mí.

Meses después Jacobo me platicaría que en esos días yo vestía como mendigo, las costras de mugre apenas dejaban ver mi cara. Las pulgas inundaban una vieja cobija que cargaba para todos lados; dijo que parecía ser más piojos, mugre y pulgas que hombre. Alguien me había robado las botas, porque el primer día que Jacobo me vio andaba descalzo. El rancho de la prisión me había causado diarrea, no tenía fuerzas ni conciencia para arrastrarme hasta las letrinas al otro extremo del patio, el hedor me envolvía. Pero yo no me daba cuenta de nada, en mis desvaríos aquel patio se fundía con la mirada vacía del Capulín, la imagen de Beatriz y la mano de mi padre.

# El Capulín II

Se llamaba Manuel Moreno, había sido seminarista, pero el cierre del seminario diocesano en el año 24 lo mandó a la calle, luego en el 25 se metió a la Unión Popular, de ahí se dio de alta en el movimiento. Le decían el Capulín porque sus ojos eran negros y profundos, cuando miraba parecía que te estuviera estrangulando el alma, no podías menos que mirar para otro lado. La primera vez que me topé con él tenía apenas un día de haberme metido a la resistencia. Éramos cinco ánimas deambulando a pie por la sierra, sólo Petronilo, el jefe de la partida, traía caballo, él se puso de acuerdo con el señor cura, que nos dijo: "Es deber de los cristianos apoyar la causa del Altísimo, pero más de ustedes que son de este pueblo marcado por el pecado".

Habíamos subido a la cresta de la sierra por los senderos ocultos para evitar las partidas del gobierno o de agraristas que andaban sueltos por esos lugares; debíamos llegar antes del anochecer a la hacienda de Agua Blanca, según Petronilo ahí nos estaría esperando otra partida de hombres. El día moría, nosotros en silencio seguíamos ahora a un espectro que se tambaleaba con cada paso sobre su montura. A lo lejos, en la oscuridad, se alcanzaba a distinguir la casa grande de la hacienda, a su alrededor las fogatas desperdigadas hacían del valle un espejo del cielo, salimos de entre los matorrales, un camino recto partía en dos el claro, debíamos de haber parecido un grupo de cuatro condenados guiados por la muerte.

Sólo el viento que susurraba en los contornos de la sierra rompía el silencio. En cuanto salimos al claro, el ulular de un tecolote acompañó nuestra marcha, el llamado era cada vez más insistente, nosotros continuábamos el descenso, una piedra golpeó el caballo de Petronilo, el animal se encabritó y a punto estuvo de tirarlo. Quedamos sorprendidos. Un escalofrío recorrió mi cuerpo, traté de correr, pero no sabía hacia dónde. ¿Regresar hacia las sombras? ¿Llegar a la hacienda? Los ojos de Petronilo reflejaban la luna, la carabina que me había entregado el señor cura seguía colgada de mi hombro, los escapularios de protección se pegaron a mi pecho, mis piernas no se movían. A mi lado Lupe, de rodillas, con la carabina entre sus piernas, sollozaba. Cuando nos sorprendió la pedrada, Medardo y Candelario caminaban tras de mí, pero ahora no los veía. De entre árboles una voz llamaba a nuestro jefe.

Petronilo, recuperado de la sorpresa, bajó del caballo y sin soltar la rienda se encaminó hacia el lugar de donde salía la voz.

—¿Quién eres? —dijo con voz queda.

—Viva Cristo rey —le respondió la voz en el mismo tono—. Síganme, alguien nos traicionó, la hacienda está tomada.

Petronilo ordenó que lo siguiéramos. De nuevo en el bosque, logré distinguir un grupo de siluetas. Las respiraciones agitadas me orientaban. Seguí al grupo que se internó entre los árboles, sentía que las pisadas sobre el breñal podían delatarnos. Caminamos agachados entre las sombras, rotas sólo de vez en vez por la luz de la luna que pasaba en retazos entre los árboles. No sé cuantas horas caminamos, siempre bordeando los caminos y las veredas. Bajábamos por una hondonada en loca carrera, escuchaba el rugir del agua contra las rocas; en el fondo del cañón distinguí el furioso torrente del río. De repente apareció mi madre con sus ojos anegados de tierra y mi hermano con sus ganas de morir, dejándose tragar por el aguadal, había pasado un año de aquello, pero ahí estaban regresando de su muerte. La brisa que se desprendía de los rápidos golpeó mi cara, el grupo se había alejado, apreté el paso para acortar la distancia, al llegar a la orilla del río, bordeamos el curso a contracorriente hasta un remanso donde se apaciguaba su furia; en ese lugar, cielo y tierra se tocaban y, al adentrarse en el cauce, las sombras desaparecían en la claridad de la luna. En medio del río, los hombres cruzando la corriente con los rifles sobre sus cabezas parecían las siluetas de crucificados. Al otro lado, la procesión se alejaba en silencio de la luz y regresaba a las sombras; ahí estaba yo frente al río, el miedo me brincaba por dentro, tenía que cruzar, mis piernas estaban paralizadas, no podía agarrar respiro; sin despegar la vista de la otra orilla, levanté la carabina sobre mi cabeza y, arrastrando los pies para tantear el fondo, me adentré en la corriente, el río me fue creciendo por dentro, apreté los labios para que la muerte no se metiera, sentía cómo el aguadal quería cargar conmigo, cobrarse mis pecados, pero mi madre y la Virgen de Guadalupe se afanaron en librarme de ella, así pude alcanzar la orilla. El grupo emprendió de nuevo la marcha. Al mirar atrás, el río parecía inofensivo, no sé por qué, pero lo sabía, ahora no había regreso, había cruzado la puerta del infierno.

La cuesta era cada vez más empinada. Me ayudaba de raíces y troncos para poder sostener el paso, las botas que me había regalado el señor cura resbalaban entre breña cubiertas de lodo. Desesperado trataba de seguir de cerca esos espíritus errantes de la sierra y con cada paso sentía cómo me convertía en uno de ellos.

Después de un tiempo de marcha llegamos a una cueva ubicada en un tajo de la montaña, el olor a humedad se pegaba a los huesos, las piernas me dolían y no por la falta de costumbre, más bien por el miedo, una marcha por el espinazo de la sierra en la que cada forma, cada sonido, eran una señal de la muerte, siguiendo fantasmas silenciosos, extraviado en el delirio de la huida, siempre pensé que así debía de ser la marcha de las almas al infierno.

Dentro de la cueva, encendieron la fogata. Petronilo platicaba con un hombre que aun sentado parecía ser muy alto, su sombra contra las llamas de la fogata llenaba todas las paredes de la cueva. Al acercarnos, alcancé a escuchar al hombre decir:

—Pendejo, tu descuido por poco los manda al purgatorio y a nosotros nos deja sin parque.

Su nariz era grande y delgada, como la sierra por la que peregrinaba, sus labios casi desaparecían bajo un bigote muy poblado, hablaba despacio, como si estuviera en confesión, sus palabras eran seguras y frías. Al escucharlo reconocí la voz que nos había alertado de la emboscada antes de llegar a la hacienda; sus ojos muy juntos y pequeños parecían dos capulines inquisidores.

—¿Cuántos años tienes, muchacho? —dijo dirigiéndose hacia mí.

—Catorce, señor. —El hombre movió la cabeza de un lado a otro, su mirada pareció resignada.

—¿Es tuya? —dijo señalando la carabina que aún traía colgada al hombro.

—Sí, me la dio el señor cura cuando me dijo que me viniera para acá.

Tomó mi carabina y trató de cortar cartucho, movió el cerrojo que se quedó atorado, intentó hacer que este volviera a su lugar, pero se había entrampado. Tiró la carabina al suelo, ésta rebotó contra una piedra. Por sobre mi hombro miró a mis compañeros.

—¿Ellos también son de tu pueblo?

Moví la cabeza para confirmar. Sus ojos me exprimían el alma. Me dio la espalda y salió de la cueva sin decir nada más. Yo me quedé ahí parado sin saber qué hacer. Recogí mi carabina. El cerrojo seguía trabado, así que busqué un lugar al fondo de la cueva, alejado de las miradas. Los pies me dolían, me quité las botas, quería sentir la tierra en mis pies, pensé que los otros se burlaban de mí.

Al poco rato regresó, nos llamó a todos, él desde la entrada de la cueva comenzó a dirigir el rosario, su voz se volvió profunda y los rezos inundaron el lugar con el rumor de los arroyos. Mientras las cuentas del rosario se desgranaban entre los dedos del Capulín, yo trataba de mantener mis pensamientos en las oraciones, pero mis tristezas me llevaban una y otra vez hasta mi pueblo.

# El Capulín III

— "¿Por qué tenemos que hacerlo nosotros?", repelaba el Toroto, yo le respondí que eran órdenes —dijo Jacobo—. Eran días de mucho movimiento en la prisión. Si no hubiera sido por el olor a perro muerto que despedías, nadie te hubiera notado, un loco más arrejolado en un rincón del patio. Pero don José nos lo había ordenado y como aquí adentro es igual a allá afuera, somos parte de la resistencia y si la Unión da una orden a nosotros no nos queda otra que cumplirla, otros están peleando por la fe, a nosotros nos toca obedecer. Por eso, a pesar del asco que nos dabas, te llevamos cargando hasta el último patio de la prisión, en ese lugar se encontraban las pilas de agua, allí te quitamos a tirones los pedazos de ropa que traías. Las pulgas hacían camino. Ya habían pasado seis días desde que habías llegado y no te habías muerto, nadie preguntó por ti, si no lo hacíamos nosotros, nos ibas a infectar a todos, porque para los guardias la pestilencia que traías era el pretexto que necesitaban para no llevarte a la enfermería. La verdad, yo pensé que con ese baño te morirías de pulmonía y con eso nosotros nos libraríamos del olor y tú del sufrimiento. Cuando te llevábamos a rastras estabas ardiendo en calentura, en tu locura creías que yo era un tal Capulín, pedías que te perdonara, que no te llevara con él. Nosotros te llevamos hasta la pila, ahí, a puro cubetazo, te empezamos a lavar, pero tú te resistías; gritabas que tú no habías tenido la culpa y que no te llevaran con ellos. Con estropajos de ixtle te restregamos hasta que quedaste rojo como si te hubiéramos cuereado. El Toroto y yo al principio estábamos divertidos, gritabas y te lamentabas como mujer burlada, pero luego al mirarte los ojos en verdad que a mí me entró el miedo, los pelabas como si estuvieras viendo la cara del demonio, hasta llegué a pensar que estabas poseído. Cuando terminamos contigo, don José ya había arreglado que te aceptaran en la enfermería.

Mientras Jacobo me platicaba aquello, recordé algunas cosas que tenía perdidas entre los delirios y las pesadillas, no sabía dónde estaba ni lo que pasaba, entre la niebla mis recuerdos se mezclaban. Entre sueños me viene a la mente cómo, al sentir los cubetazos, creí que el agua me inundaba, pensé que había llegado mi hora, que esta vez el aguadal me había tomado desprevenido, sentí que me ahogaba, desesperado traté de tomar aire, el torbellino me arrastraba. Creí que el aguadal había regresado. ¿Estaría pagando por fin mi pecado? Sin aviso, una y otra vez el torrente de agua regresaba. Resignado, dejé de luchar. La muerte de mi madre no había sido suficiente para pagar mi culpa.

No sabía en dónde estaba. Frente a mí, sólo los ojos llenos de muerte del Capulín y los cuerpos de mis compañeros. Cuando salí de mi escondite, la tierra se había hartado de sangre, después del Capulín encontré a Lupe, parecía dormido, estaba sentado, su cuerpo recargado en un árbol, la cabeza recostada sobre su hombro, del centro de la frente un hilo de sangre le había escurrido por la nariz para perderse en su chaqueta; a un lado de él estaba su sombrero, que traía cosida la estampa del Sagrado Corazón para que lo protegiera de los males, fue de los primeros, no tenía armas, el olor de la pólvora nocturna había llenado su ropa. Su cabeza por atrás estaba reventada como calabaza. Más adelante, boca abajo, estaba Candelario, tres puntos rojos marcaban su espalda, sobre el cuerpo una hilera de hormigas desfilaba como procesión, con sus manos extendidas se aferraba a la tierra, las fogatas de la noche hacía tiempo que se habían convertido en cenizas y como dos crespones enlutaban la sierra. Diez cuerpos más hacían los honores a la muerte en el campamento. Como pude caminé entre los cadáveres, ahí estaba Chema, su cara de niño había desaparecido, ahora era una masa de carne ensangrentada, de pronto un lamento, casi como un rezo, rompió el silbido del viento, me quedé inmóvil, creí que los sardos regresaban, el quejido se repitió, era alguien herido, pero no atiné a saber de dónde venía, miré el cuerpo de Candelario que era el que tenía más cerca, dudé que fuera él pero me arrodillé a su lado y lo puse boca arriba, miré su cara, una máscara de tierra la cubría, tenía un gran agujero en el centro del pecho, la carne reventada y los pedazos de hueso parecían gusanos blancos escapando de su cuerpo muerto, sus ojos y boca muy abiertos habían atrapado el brinco de la sorpresa, volví a escuchar aquel lamento, miré a la cara de Lupe, pero tampoco era él, el quejido venía de los matorrales, con el miedo en los entresijos me metí en el breñal, las piernas me temblaban, no podía agarrar el resuello, caminé a tientas entre los matorrales, alcancé a distinguir a Jesús, un vale recién llegado de la hacienda del Ojo Zarco, un disparo le había volado la mano derecha, con la otra trataba de que el triperío no se le saliera por la rajada que tenía en la panza. Me arrodillé a su lado, no sabía qué hacer, sólo me quedé mirándolo, con la tristeza llenándome la garganta y esperando a que la muerte se lo llevara.

—¡No me quiero morir! —decía el pobre mientras levantaba el brazo para tratar de alcanzarme con aquel troncón mocho que seguía escupiendo sangre, me pelaba los ojos como si en vez de mirarme estuviera mirando las puertas del infierno—. ¿Me oyes? ¿Quién eres? No me quiero morir, agua, quiero agua.

Yo estaba temblando, se me figuró estar viendo mi propia agonía, un manto de agua empañó mi vista. Sin hacer caso a sus súplicas, regresé al campamento, yo no podía hacer nada, era mejor quitarle le esperanza de la ayuda para que de una vez se fuera en paz. Ya en el campamento mi presencia ahuyentó a una parvada de zopilotes que empezaban su danza sobre los cadáveres; entre la tierra, un rectángulo blanco que brillaba con el sol llamó mi atención, cuando me acerqué supe que era la foto de los mártires Dionisio y Antonio que meses antes habíamos visto en el campamento y que el Mochito había guardado como protección.

Levanté aquella fotografía, observé al mártir Miranda, con el rostro carbonizado. De pronto pensé lo lejos que estaba de mi salvación, desenfundé mi revólver para terminar con todo aquello pero me arrepentí, luego lo lancé lo más lejos que pude para evitar la tentación y mi condenación eterna. Después ya no supe de mí, esos recuerdos no han regresado enteros.

La tarde empezó a caer, yo lo único que quería era alejarme de aquel lugar antes de que anocheciera. Vagué por la sierra con la razón extraviada, no podía dejar de llorar ni agarrar el resuello, mi penitencia era la vida.

Cuando desperté me encontré recostado en un camastro, el techo era muy alto, el olor a creolina llenaba aquel lugar, sentía mucho frío, pero el sudor hacía que la ropa se pegara a mi cuerpo que temblaba, mi cabeza estaba rapada.

—Malos sueños has tenido estos días. —La voz era de un hombre tuerto que estaba recostado en un camastro a mi lado izquierdo.

—¿En dónde estoy? —pregunté.

—En donde has de estar, en la enfermería de la penitenciaría, te trajeron aquí hace cuatro días, pero de que te encerraron ya pasaron casi tres semanas.

—¿Qué pasó? —Traté de levantarme, mi cabeza dio vueltas y me faltaron las fuerzas, me quedé quieto, un sabor amargo llenó mi boca.

—No lo sé —me respondió el hombre.

# Mario I o el Capulín IV

Aquella noche el aguadal iba por mí, pero como no me encontró, se llevó a mi madre para castigarme, de mi padre no digo nada pues él también traía cargando sus cosas, de eso estoy seguro, yo no soy como los del pueblo que hablan nomás por decir cosas, él tenía la costumbre de meterse en pitayales ajenos para llenar sus canastos, también, cuando se echaba sus alcoholes, le pegaba a mi madre, que era una mujer muy buena y nunca daba razón, no andaba con chismes, siempre callada como platicando con ella misma, en el pueblo era sola, no era de ahí, decían que mi padre se la había robado de una hacienda allá por Cocula, anduvo con él como soldadera, me imagino lo que ha de haber sufrido, en ese tiempo nací yo, en algún día de marzo de 1913.

Mi padre anduvo en la bola con Pedro Zamora, hasta que se juntó con Villa cuando pasó por el pueblo, allá por 1915, algunos decían que eran hombres muy malos, otros que no tanto, la verdad es que por donde pasaban quedaba la pura mortandad. Otros del pueblo se les unieron; como se fueron buscando ruido, pronto les tocó, en la batalla de la Cuesta, dicen que se dieron con todo, Pedro Zamora se quedó asolando estos rumbos y Villa siguió su guerra. Mi padre regresó al pueblo, lo licenció don Pedro, aunque dicen que la verdad es que siguió a sus órdenes como informante.

No sé si mi padre debiera una que otra vida, pero casi estoy cierto que sí, ahora sé que los muertos en batalla no remuerden porque no les ves la cara. Cuando anda uno en eso de los alzamientos no te da tiempo de pensar, no puedes esperar a ver qué cara te pone el otro; en esas faenas, cuando se te vienen encima, sólo atinas a cerrar los ojos y tiras al bulto, luego el que sigue. No te paras a mirar si hiciste un difunto o no. Cargas y tiras. Así es el combate y si se pone difícil, te retiras caminando para atrás, de lado para no dar flanco, tapándote en lo que puedas, no se siente bien escuchar cómo te zumban las balas, pero es de entender que los otros están en la suya y para ellos tú eres el otro, en esos momentos no hay maldad, sólo miedo, el olor de la pólvora quemada te nubla los sentimientos. Mi padre no platicaba de esas cosas, ahora que lo pienso con nosotros no platicaba de nada, sólo eran gruñidos, gritos y cintarazos, con los puros ojos nos decía lo que él quería y si no entendíamos, venía el golpe, se notaba cómo se le iba subiendo el enojo, se te quedaba mirando, uno se quedaba clavado en el suelo, te crecía el miedo por dentro, a veces era tanto que terminaba en un charco de orines, y él más enojado, después pasaba todo, pero los verdugones por la cintariza te quedaban en la espalda y las piernas unos días hasta que el olvido se los llevaba. No era su culpa, decía mi madre, él era así porque tenía los miedos muy escondidos, por eso casi no hablaba, enterró sus recuerdos muy adentro para que no salieran en forma de remordimiento.

Viendo las cosas desde lejos, a los dos nos agarró la vida por el mismo lado, aunque yo estoy aquí hablando, pero lo que hicimos mi padre y yo tiene sus diferencias; él peleó en la bola grande, la de la Revolución, ellos se metieron para agarrar tierras y no estar tan fregados, pero al final a mi padre apenas le tocó algo, aunque sí agarró mujer, a mi madre. Nosotros éramos de otro modo, no peleábamos tierras, ni dinero, no queríamos quitarle nada a nadie, sólo lo necesario para mantener la lucha, nosotros defendíamos una causa más alta, la causa de Dios, teníamos el deber y la obligación de defender al Altísimo o, como decía el señor cura, "limpiar la tierra del pecado".

Por esos tiempos los diablos se agitaron, ahí andaban los agraristas, malos como el mismísimo demonio, ellos querían agarrar lo que no era suyo, robarles a los patrones las tierras que tanto trabajo les habían costado, querían dejar a toda la peonada sin qué comer... Si así con los patrones cuidando de ellos, mal se la pasaban, ahora solos...

Razón tendría para decirlo el santo cura, pues él sabía mucho de eso, se la pasaba metido en sus libros y rezando por nosotros, luego platicaba con los patrones y se ponían de acuerdo en cómo tratar a la peonada para hacerlos buenos cristianos. Además, bien dicen los Sagrados Mandamientos que "robar es pecado", por eso por el rumbo los males se hicieron andancia. El señor cura decía que muchos peones no tenían entendederas y que estaban mal aconsejados por fuereños del gobierno que luego los llamaban y les decían: "Tú, fulano, ven para acá. ¿Quieres tierras? Pues hay que acabar con la religión y nosotros te damos todas las que les quites a los patrones", y ellos, los muy taimados, luego decían que sí, como si Dios no hubiera repartido todo. A ver, ¿qué pasó con los de la bola grande? Nomás se mataron. ¿Y para qué? Al final llegó el Altísimo y las cosas quedaron con sus mismos dueños, pero el diablo no se quedó a gusto hasta que puso a uno de los suyos como presidente y luego aconsejó a los agraristas para que acabaran con la religión, cerrando los templos y matando a los curas, que lo único que hacían es defendernos del infierno, y como la gente se puso del lado de los padrecitos y ya no podían solos, el gobierno mandó a sus soldados para ayudarlos, por eso se nos soltó la guerra contra el gobierno. Él metió el mal en las entrañas de la peonada, muchos de ellos no comprendían los desvelos que pasaban los patrones para cumplir con la cruz que el Altísimo les había puesto sobre los hombros: llevar a la salvación del alma a toda esa peonada, no era nada fácil, por eso a veces había que castigarlos para que entendieran y no se anduvieran descarriando. Diosito ha dado a cada quien una cruz que pueda cargar, unos con una cruz chica, otros con una más grande y pesada, pero el Altísimo sabe por qué hace las cosas, a cada quien le pone la cruz de acuerdo a sus fuerzas o a sus entendederas, por eso no debemos juzgar a los patrones, tampoco a los señores curas, pues al fin nosotros no sabemos el peso de la cruz que cargan y si lo hacen bien o mal, allá ellos, pues ya se la verán con Dios a la hora de su muerte.

Total, para no hacer el cuento largo, la guerra se nos vino como el aguadal, así, sin avisar, cada quién tomó para su rumbo: unos para un lado, otros para otro.

# El Capulín V

El agua caía como cortina sobre nosotros y nuestros
caballos. Las jornadas habían sido agotadoras. Manuel
*el Capulín* hacía días que nos traía de un lado para otro,
a marchas y contramarchas. Había rumores de que una
partida gobiernista rondaba por las haciendas causando
daños, teníamos la orden de hacerles frente. Los vientos
de la sierra engañaban nuestras intenciones, buscábamos mensajes ocultos entre los lodazales, durante horas
seguíamos rastros dejados por fantasmas que siempre
terminaban por desaparecer. El miedo cabalgaba junto a
nosotros. La imaginación aturdida del Capulín pensaba
emboscadas que nunca fueron; montábamos y desmontábamos, marchando en columna, luego desplegados en
línea entre los árboles, con los ojos atentos para adivinar
peligros, el máuser preparado con el dedo junto al gati-
llo, pendientes de todo, los relámpagos nos sorprendían,
y terminábamos pecho a tierra entre la breña mojada;
con el trajín, nuestras chinas se fueron destejiendo y la
lluvia metiéndosenos poco a poco, desmontábamos y
las botas cargadas de lodo resbalaban entre las piedras;
para el tercer día estábamos agotados, menos él, que
desde aquella acción allá cerca de la Lagunilla, se le veía
cómo le iba creciendo la inquietud y nosotros sabíamos

que cuando eso pasa no te da reposo. A mí también me quitó la buena alma. Durante un tiempo, por las noches, aquellos hombres me suplicaban para no morir, insistían que lo de ellos era un encargo de la hacienda, pero sus ruegos no movieron las entrañas de Manuel, las órdenes estaban dadas y así se cumplieron.

Ese día, aún de madrugada, salimos de Atemajac. La helada mordía los huesos y los animales resoplaban para sacar la noche que les quedaba por dentro; cabalgamos por la calle principal rumbo a Tapalpa, los cascos de los caballos sobre las piedras, llamaron el ladrido de los perros: primero uno, luego otro, el escándalo se fue quedando atrás; ya en las afueras del pueblo, al pasar por el Señor del Ocotito, doblamos hacia la derecha y regresamos bordeando el caserío, para salir rumbo a la Lagunilla, eran las manías del Capulín, siempre desconfiado, no quería que nadie se enterara por dónde íbamos a aparecer. Ahora sí, como dijo el viejo Sabino cuando la Verónica, "anochecíamos pero no amanecíamos", pasamos cerca del aserradero, todo estaba quieto, el aullido lejano de un coyote acompañó la marcha.

Al llegar al otro extremo del pueblo cruzamos el sendero, Manuel mandó a Lupe como avanzada y a mí me ordenó ir a la retaguardia, me quedé quieto esperando a que se adelantaran. En esa oscuridad veía cómo la noche se tragaba a la columna, cómo se había tragado la luna, ahí en la quietud y acompañado del canto de los grillos los olvidos empezaron a convertirse en recuerdos, las palabras de Sabino destaparon el desfile de mis difuntos. Y como si me estuviera advirtiendo lo que pasaría ese día, volví a mirar el cuerpo de Epifanio campaneando en el fresno de la plaza.

Mi caballo se estremeció como espantando el miedo. A lo lejos escuché el rumor que hacía la columna, reinicié la marcha, trataba de tener mis sentidos bien atentos, descolgué mi rifle y lo coloqué entre mis manos, junto con la rienda.

Así cabalgamos durante un tiempo; al llegar a una hondonada me encontró Candelario, venía sujetando la caballada, me hizo una seña de que desmontara. Más adelante, en una ladera, un grupo de arrieros se preparaba para iniciar la marcha. Capulín a señas ordenó desplegarnos en media luna entre los árboles, a Chema lo mandó con otros dos a caballo a que hicieran un rodeo para aparecer en lo alto de la ladera frente a nosotros. Cuando Manuel con su canto de tecolote dio la señal, el perro de los muleros olió el peligro y comenzó a ladrar, pero era demasiado tarde, salimos de entre las sombras, al tiempo que Chema y los otros bajaban a galope, los arrieros no tuvieron tiempo de nada, uno quiso correr a la arboleda pero ahí lo estábamos esperando, cuando llegó junto a mí le puse el máuser en el pecho, pude divisar su miedo, cayó de espaldas tapándose la cara, se hizo bola en el suelo, rogando para que no lo matara, esa vez la decisión era mía y no lo mataría, pero después las cosas serían de otro modo. En esa acción los agarramos, ninguno pudo escapar, eran cuatro, nadie disparó, los cantos de los grajos matutinos acompañaron la sorpresa, los arrieros estaban de rodillas con las manos en la nuca, el Capulín se dirigió al más viejo mientras le hundía el cañón de su rifle en la mejilla.

—¿Quién vive? —dijo—. ¡Nosotros no sabemos nada, señor! Sólo hacemos comercio, esta mercancía es para la hacienda de la Lagunilla, venimos de Sayula, salimos ayer de mañana y aquí nos agarró la noche.

—¿De qué lado están? —le preguntó Manuel.

—No estamos de ningún lado, señor, somos gente temerosa de Dios, no buscamos problemas, mis hijos y yo trabajamos en esto desde hace años, mi nombre es Macedonio Olvera, para servir a usted y a Dios, ellos son mis hijos: Macedonio, Tiburcio y Joaquín. —La voz del Capulín era tranquila, el amanecer había llegado sin sentirlo, retiró el rifle de la mejilla del hombre, noté cómo la marca del cañón en su mejilla se fue desvaneciendo.

—¿Qué llevas? —le preguntó de repente.

—Tres cargas de salitre, cinco piezas de manta de treinta y dos varas, nueve costales de arroz y cuatro de piloncillo.

El Capulín colocó el rifle en el antebrazo, se acercó a los animales ya cargados para reanudar la marcha, desanudó las ataduras, cuatro costales cayeron al suelo con un sonido sordo, se hincó mientras dejaba su arma sobre la hierba húmeda, con el cuchillo trozó los lacillos que cerraban la boca de uno de costales, nosotros manteníamos encañonados a los hombres; introdujo la mano entre el arroz despacio, como rumiando sus pensamientos, volteó la cara hacia nosotros, sus ojos negros parecían devolver la oscuridad recién desaparecida, el rencor me tomó por sorpresa, cuando miré al viejo Macedonio, el terror salía por sus ojos. El Capulín se levantó sin despegar los ojos del viejo; en sus manos, dos cartuchos brillantes destacaban entre pequeñas lágrimas blancas de arroz.

—Ya te estás muriendo, cabrón —dijo Manuel con voz calmada—. ¿A quién surtes? De seguro a esa punta de agraristas hijos del demonio, ustedes se lo buscaron, te digo que hoy mismo estarás esperándolos en el infierno. —Ahora su voz era casi un siseo.

—El parque es para don Miguel Águila, el administrador de la hacienda. —El viejo Macedonio parecía resignado, la esperanza escapaba por sus ojos, su llanto era silencioso—. Es para la defensa de la hacienda, él es buen cristiano, en su casa escondió al padre Pérez y resguardó al general Degollado y a su gente, pero necesita defender la casa de los agraristas, eso usted lo sabe.

—Yo no sé nada. Lo único cierto es que ustedes se van al infierno.

—¡No! Mis hijos no sabían nada, era un trato entre nosotros.

El sol apenas se asomaba, por dentro el frío me crecía. Yo no tenía coraje, en ese momento no sabía si el viejo decía la verdad o no. No me di cuenta de a qué hora Lupe había llegado con la caballada, un relincho intranquilo me cruzó por el cuerpo, sorprendido miré a Guadalupe, él parecía entretenido con el vuelo de un halconcillo; los otros miraban la hierba, aunque sin dejar de apuntar con sus rifles a los arrieros que ahora temblaban.

El Capulín tomó su caballo y descolgó la soga de su montura, la aventó a mis pies y ordenó:

—Ahórquenlos, el viejo al último. —Mis piernas estaban clavadas al suelo, ninguno parecía haber escuchado, Lupe seguía mirando al cielo, el ave había desaparecido; el silencio se nos enredó en la garganta—. ¡El que no obedezca es el primero! —La voz de Manuel sonó profunda y lejana, partió a galope por la ladera hasta la cima, los primeros resplandores de la mañana hacían que su sombra se alargara hacia nosotros sobre la hierba.

Candelario tomó las sogas que colgaban de las sillas de los caballos, Medardo las tomó de las bestias de carga de los muleros, se acercó a los hombres que permanecían hincados, sollozaban, parecía que el aguadal se les había metido y ahora se desbordara.

—No nos maten, mi padre dice la verdad, lo juro por Dios, si luchan por Cristo Rey y la Virgen de Guadalupe, no nos pueden quitar la vida, no hay forma de que luchen una guerra santa en el nombre de Dios asesinando inocentes.

No podíamos decir nada, quería dejar que se fueran. El Capulín nos observaba desde la colina, esos son los muertos que te siguen muchas noches después, los ojos perdidos, las sacudidas desesperadas cuando la reata se tensa, el olor de la madera quemada, el crujir de la rama, es la última esperanza, luego nada, el espumarajo escurre por la boca con la lengua de fuera, los ojos saltados como si en el último suspiro quisieran mirarte el alma. No pude hacer más, después de ahorcar al primero, mi tristeza se comenzó a salir, empecé a vomitar y no paré, la tristeza es amarga y amarilla, cuando crees que ya salió toda, sigue creciendo, te sale por la boca, por la nariz y por los ojos como lágrimas amargas.

## Chema I

Luego de la primera toma de Cocula, con toda la División del Sur nos fuimos a reforzar el sitio de Unión de Tula, a nosotros nos mandaron de retaguardia. Íbamos a marcha lenta, desde lejos divisamos una polvareda, un jinete se acercaba a galope tendido como si quisiera reventar su caballo, pensé que algo grave ocurría, me desprendí del grupo para marcarle el alto. El Capulín, con toda su desconfianza, se abrió para un lado por si acaso; el jinete seguía acercándose sin parar la carrera, preparé mi máuser y corté cartucho, nada más por lo que hubiera, estaba muy cerca, el sombrero lo traía echado para delante, no veía su cara, el miedo me iba subiendo desde la panza, apreté las piernas contra mi caballo y me amacicé en los estribos para asegurar el tiro; a nada de que le jalara, de repente el jinete, como demonio, rayó su caballo, mientras gritaba: "¡No tire, me manda el general Degollado!". La polvareda nos envolvió a los dos, las bestias se encabritaron y casi se topan.

—¡El santo y seña! —le dije; todavía entre la nube de polvo, su caballo, bañado en sudor, resoplaba, trataba de desprenderse de la espuma que salía de su hocico.

—¡Santo y seña! —repetí mientras afirmaba la carabina.

—San Miguel, Cocula —dijo una voz destemplada de niño—. Busco al mayor Manuel Moreno, de parte del general Ibarra, traigo un recado para entregar en mano propia.

El Capulín se acercó con cautela, la mano preparada sobre el revólver.

—¿Quién lo busca? —dijo.

—Soy José María Santos, me manda el general Degollado —dijo al tiempo que extendía el recado.

Manuel tomó el papel, lo leyó y clavó la mirada en él:

—¿Cuántos años tienes, muchacho? —preguntó como si le hablara a un hijo.

—Casi trece, mayor —el Capulín movió la cabeza como cuando me miró por primera vez aquella noche en la cueva de la sierra.

Fue entonces que reconocí al recién llegado, era aquel loco resucitado que tres días antes se jugaba la vida en la plaza de Cocula.

Chema era un mocoso sin pensamiento de peligro y con el ánimo bien puesto. El general Ibarra lo mandó a nuestro grupo después de aquel combate; el día de san Miguel del año 27 apareció, nadie sabía de dónde, con el coraje bien clavado, en medio de la balacera se paró a media plaza, a campo abierto, toda la cabeza vendada, parecía un resucitado, gritaba como loco mientras disparaba su treinta-treinta contra los gobiernistas parapetados en la torre de la iglesia, de suerte no lo hicieron difunto. El mayor Álvarez tuvo que ordenar a sus hombres que abrieran fuego para cubrirlo, cuando el general Ibarra se enteró de su locura lo mandó llamar al cuartel. Ahora se lo mandaba al Capulín con el encargo de que le emparejara el odio.

Se había corrido la voz de que Chema era valiente, porque siempre le daba el cuerpo a las balas, como si quisiera que lo mataran de frente en la tracatera, pero nunca se le hizo; el día que le tocó, la bala entró por la nuca, de paso se llevó su cara, no quería quedar como su padre, con ojos y dientes colgando, su miedo a morir así era casi tan grande como su odio a pelones y agraristas.

Muchas noches se despertaba gritando, pedía que lo mataran de frente, luego se tocaba los agujeros donde había tenido las orejas, después lloraba quedito hasta que se volvía a quedar dormido.

Con el tiempo su historia fue saliendo. El Mochito, como le decíamos, había vivido con sus padres y un hermano mayor en las orillas de Ferrería.

"Nosotros no teníamos culpa, un día de noche, mi padre, nos despertó sin encender la vela, cuando me senté en el petate, mi madre ya rezaba con el rosario en las manos, el tropel de la caballada parecía venir desde todos lados, tiros y maldiciones terminaron por espantarme el sueño, los rezos de mi madre se ahogaban en su miedo, no sabíamos lo que ocurría, alguien tomaba el pueblo, una bala entró al jacal y lo cruzó de lado a lado, nos tiramos boca abajo, menos mi madre que seguía hincada.

"—¡Viva el supremo gobierno, cabrones!

"Mi padre se arrastró hasta ella, le quitó el rosario y con las manos hizo un agujero en la tierra para esconderlo.

"—Cierra la boca, mujer, y échate al suelo, que te van a matar. —Mi madre obedeció.

"La puerta se abrió con un fuerte crujido, la tranca salió volando en pedazos, puños de tierra cayeron sobre nosotros, una sombra muy grande apareció en el boquete donde había estado la puerta.

”—¡Afuera! —gritó; nuestro perro ladraba como si estuviera mirando al demonio, el hombre movía su carabina de un lado para otro, tratando de adivinarnos entre la oscuridad—. ¡Dije afuera! ¿No oyeron, cabrones? —volvió a ordenar.

”El Palomo seguía ladrando, nos quedamos quietos, tirados en el suelo, no recuerdo si mi madre seguía rezando, el hombre disparó, la bala pasó zumbando sobre mi cabeza, pensé que si volvía a disparar no fallaría; pero ahora que lo cuento, entiendo que aquel no sabía a qué le tiraba, dentro del jacal todo era oscuridad, él sólo quería asustarnos, pero igual los tiros matan, mi padre se levantó muy despacio con las manos en la cabeza para que el hombre lo viera, nosotros hicimos lo mismo, el Palomo ladraba, otro disparo, un aullido, el animal se revolcaba entre gemidos. Una vez afuera, mi padre trató de regresar, el hombre lo encañonó sin decir nada.

”—Mi mujer —dijo.

”Entonces me di cuenta de que faltaba mi madre, a lo lejos, el rumor de la gente se juntó en racimos que comenzaron a llenar la calle, algunos tiros se escucharon del otro lado del pueblo, mi hermano y yo quedamos solos, seguíamos con las manos en la nuca, parecía que nadie nos cuidaba. El Palomo se moría, me acerqué a él, acaricié su cabeza, lanzó un gemido y se quedó quieto. Mi hermano echó a correr por el camino de Atemajac, cuando lo vi pensé en seguirlo, un estruendo salió de entre los árboles, su cuerpo dio un brinco y cayó como piedra, quise ir a verlo pero la voz del hombre que nos había sacado del jacal gritó que no me moviera, la luz de una vela temblaba dentro de la casa, una sombra salió de entre los matorrales, se acercó a donde estaba tirado, lo miró y con el pie trató de moverlo, luego regresó a su escondite.

"Mi padre me miraba, trataba de entender lo que ocurría, yo quería preguntar, pero ya todo lo sabía, los dos teníamos las manos sobre la cabeza, el hombre nos seguía de cerca con su carabina preparada, nos llevó calle arriba, rumbo a la plaza, mi madre no iba con nosotros."

Al Mochito se le llenaron los ojos de agua, luego se le metió por la boca y le ahogó las palabras, sin poder hablar más, salió de la cueva, cuando regresó, sin decir nada, se enredó en su cobija y se quedó dormido, en la madrugada, otra vez le llegó su miedo y despertó con gritos, luego, entre gemidos, regresó a su sueño.

# El Capulín VI

No paré de vomitar, los cuatro cuerpos se balanceaban movidos por el viento, el rechinido de las sogas era el lamento que los acompañaba, pareciera que las puntas de sus pies trataran desesperadas de alcanzar la tierra, mientras el perro gemía bajo la sombra del viejo.

En lo alto de la loma, el Capulín miraba hacia el horizonte, Chema recogió y ató los costales de arroz tirados en la hierba, nadie hablaba, el paso del miedo me había dejado la boca amarga. Juntamos los animales, montamos nuestros caballos, el perro parecía que vendría con nosotros, caminó unos pasos, después se detuvo y regresó con sus amos.

Seguimos el camino para la Lagunilla, antes de llegar doblamos hacia la izquierda. Manuel con sus desconfianzas nos hizo dar un largo rodeo, ahora nos dirigíamos al campamento de La Mora, quería llevar el cargamento al general Degollado, cabalgábamos en silencio, Lupe iba de avanzada, Chema *el Mochito* marchaba en la retaguardia, yo, junto al Capulín, que fumaba con la mirada desperdigada, los otros arriaban la recua.

—¿Y si fuera cierto? —dije juntando todas mis fuerzas.

—¿Si fuera cierto qué? —me respondió como si no supiera de lo que hablaba.

—Lo que el viejo decía —aclaré.

—Pues ahí se lo haiga, no debió querer vernos la cara de pendejos.

—Pero no sé… ¿Ahorcarlos a todos?

—Mira, estamos en una guerra, si te pandeas te mueres, si dejábamos a alguno vivo nos iba a seguir hasta cazarnos; mira lo que le pasó al capitancito, por no joderse a Chema cuando pudo, aunque fuera un niño, el pelón pensaba que el Mocho le debía la vida, pero no le valió de nada; nosotros ya tenemos suficiente muerte resollándonos en el pescuezo como para cargar con otra preocupación. Por otro lado, ¿si fuera cierto? La culpa no es de ustedes, es mía, yo di la orden, esos muertos son míos, ustedes sólo obedecían, ya me confesaré por mi lado. En esta guerra Dios perdona las equivocaciones.

Seguimos la marcha en silencio, llegamos al fondo de una hondonada, doblamos hacia el norte por el curso de un arroyo seco, el sol se ocultaba tras la montaña a nuestra izquierda; Manuel conocía mejor que nosotros el terreno, con un chiflido llamó a Chema, que regresó a galope, casi desaparece entre la nube de polvo rojo. Iniciamos la subida de la montaña, rumbo al poniente. Con las últimas luces del día llegamos a la cima, un plan dominaba todo el terreno. El Capulín dio la orden de montar el campamento. A Medardo y a mí nos tocó la primera guardia, los otros descargaron las bestias y desensillaron los caballos, entre las piezas de manta encontraron ocho carabinas del treinta y en los sacos de piloncillo tres revólveres cuarenta y cuatro, no contaron el parque que venía revuelto entre el arroz.

Las noches aún eran frías, en las guardias los huesos se entumen, pero aquella noche lo que más traía entumida era el alma, aunque Manuel dijera que los muertos eran de él, eso no me quitaba el remordimiento. De repente creía ver las siluetas de los colgados meciéndose de un lado para otro entre los árboles. "¿Y si fuera cierto?" La pregunta me regresaba una y otra vez a la cabeza. El Capulín dio la orden de no hacer lumbre. Aquella noche era oscura, unas nubes negras cubrían la luna. Cuando rezamos el rosario lo hizo más largo, como si no quisiera acabar, la letanía pareció interminable, yo desde mi puesto contestaba para mí: "ruega por ellos", aunque sabía que lo que yo necesitaba era que alguien rogara por mi alma. Manuel no me convencía con eso de que la culpa era sólo de él, matar así era un pecado mortal muy pesado, yo ya traía muchos cargando; él no durmió, se la pasó caminando, miré su sombra pasear inquieta por el campamento.

Cuando me relevaron dormí poco. Apenas estaba agarrando el sueño, de repente me vi caminado en el arroyo seco por el que habíamos pasado por la tarde, entonces un rugido me llenó las entrañas y un aguadal rojo me arrastró, vi lo ojos asustados de mi caballo mirar de frente el infierno, desperté tirando manotazos para no ahogarme; Chema, a un lado, lloraba despacio, enredado en su cobija para agarrar de nuevo el sueño. El Capulín seguía paseando entre nosotros, como si no quisiera agarrar el sueño para que el remordimiento no lo sorprendiera dormido.

Antes del amanecer empezamos a cargar a las bestias e iniciamos la marcha, los animales caminaban seguros, nubes blancas salían de sus hocicos. Avanzamos en silencio.

El sol había terminado de salir, la desvelada empezó a apretar, mis ojos se cerraban, marchábamos como dormidos, de pronto el Capulín picó espuelas y se adelantó, con ese movimiento desperté y saqué mi revólver. Chema regresó acompañado de dos jinetes, Manuel les dio el santo y seña, ellos dieron unos silbidos, entonces nos dejaron pasar, había hombres apostados entre las rocas, yo no los había visto, estaba claro que traía la cabeza en otro lado.

Llegamos a La Mora, todo estaba muy movido, no había visto tanta gente desde la concentración para la toma de Cocula. Manuel se fue derecho a la casa que hacía las veces de cuartel, desmontamos para estirar las piernas, ahí me encontré a Hipólito, le decíamos el Cacarizo, él anduvo con nosotros un tiempo, hasta que salió mal con el Capulín y pidió su traslado a las fuerzas del mayor Álvarez. Hipólito era muy hablador y para todo tenía salida, nunca se quedaba callado, ese fue el problema con el Capulín. Cuando el Cacarizo se fue, a mi me subieron a teniente.

El Cacarizo y yo nos fuimos con las mujeres para echarnos un taco y un jarro de café, es bueno comer algo caliente de vez en cuando. Desde la salida de Atemajac sólo habíamos probado puro tasajo de carne seca a lomo de caballo.

Platiqué a Hipólito lo que había pasado un día antes, él se rascó la cabeza y se me quedó mirando.

—¿Cómo dices que se llamaba el viejo?

—Macedonio —le respondí.

—¿Y dices que andaba con sus hijos? —Sin esperar respuesta caminó para donde estaban las bestias, todavía sin descargar, las miró y dijo—: Pues si era cierto, esa mula de patas blancas se la regaló el padre Pérez, que se la había quitado a un hacendado gobiernista de Agua Caliente, allá cerca de San Martín. Ahora sí la pendejearon, a ver si no los fusilan. Lo que sé es que el viejo hacía buenos servicios para la causa, a veces era el correo que traía las órdenes del arzobispado. Los hijos de don Macedonio hacían de guías para los que venían de la ciudad y se querían enlistar para combatir en el cerro, los esperaban allá en la estación de Sayula, se los traían para acá, pero primero los subían por Apango, después pasaban por Tapalpa y Chiquilistlán, se trataba de ponerles una buena caminata para que sufrieran y ver qué tan fuerte era su fe. Muchos catrines, al llegar, ya se les había caído el Cristo Rey de la boca, y ahí andaban como si estuvieran horquetados, con las nalgas rozadas por los días a caballo, nomás esperando la hora de volver a su casa; a los que se querían regresar, los bajábamos por el camino corto, Estipac, de ahí a Cocula para que esperaran el camión a Guadalajara.

Hipólito seguía moviendo la boca pero yo ya no lo escuchaba, mi pensamiento andaba con aquellos hombres, recordaba cómo el viento los movía de un lado para otro, parecían badajos de campana que no hacían ruido y al perro esperando que sus amos bajaran de los mezquites. No sé si fue por la desvelada, pero mis ojos empezaron a llorar.

—Cacarizo, ¿crees que el padre Pérez me quiera confesar?

—¿Ahorita? No creo. Anda muy ocupado, está en el cuartel con el general Degollado y los otros.

—Cacarizo, ¿crees que el padre Pérez pueda hacer que Dios me perdone por ahorcar a esos hombres?

—¿Qué Dios te perdone? Date de santos con que él no te fusile ahí mismo. Por otro lado eso de Dios, la verdad no sé, el padre dice que ahora Dios nos perdona los muertos porque no son gente de bien, son enemigos de nuestra Madre María Santísima y de la religión, y que si tenemos el derecho y hasta la obligación de defender a la madre que nos parió de quienes le quieran hacer algún mal, más derecho y obligación tenemos de defender a nuestra Madre Santísima y a nuestra religión; en esta guerra sí podemos matar a los enemigos y estamos perdonados, por eso hasta el padre le entra a la tracatera, y dicen que allá por los rumbos de Tepa y San Julián, los curas Vera, Pedroza y Aguilar son de los más entrones y no se tientan el corazón para fusilar o pasar a cuchillo a pelones, agraristas o gobiernistas. Pero eso sí, puros enemigos, por eso no hay pecado. Dios lo ve con buenos ojos o de perdida se voltea para otro lado y nos perdona. Pero lo de ustedes es diferente, ellos no eran enemigos, eran amigos, lo peor, luchaban por la causa, ese es el problema, el perdón de Dios es sólo para el que mata a los enemigos, no a los amigos; es como si ahorita, de puro gusto, me pegas un tiro en la cabeza, ¿crees que habría perdón? Pues no. Yo no soy enemigo, yo defiendo la causa de la religión. Primero te fusilan y luego te vas derecho al infierno.

Yo le dije que había sido una equivocación, pero Hipólito me atajó.

—Sí, y podrás decir también que fueron órdenes del cabrón de Manuel, pero eso no te quita el pecado, acuérdate, tanto peca el que mata la vaca…

No supe qué decir, el Cacarizo tenía razón, el remordimiento me siguió creciendo por dentro, ahora parecía un río desbordado, me fui corriendo hasta los corrales, ahí, a solas, quise llorar, sacar todo aquello, pero no pude. El cura Gabino me había mandado para acá, quería ayudarme a limpiar mis pecados, pero ahora eran más y eran más grandes, juntos se me amontonaron en la garganta, no me dejaban resollar, me estaba ahogando; pensaba que, el día del aguadal, debí haber abierto la boca para que la muerte se me metiera como a mi hermano, los ojos se me querían salir empujados desde adentro por el remordimiento, un golpe en la espalda me tiró al suelo, una agua amarga me salió por la boca, por fin pude jalar aire, mis pecados se fueron aplacando, yo sudaba tirado entre la mierda de las bestias, no me importó, tenía frío; el agua que me había salido era negra, como si llevara pudriéndose muchos años adentro de mí.

Cuando salí corriendo, Hipólito se vino tras de mí, se dio cuenta de que algo pasaba. Cuando vio que me ahogaba, me golpeó en la espalda y trató de levantarme, al principio yo no sabía quién era, lo escuchaba como si me estuviera hablando desde muy lejos, después recordé todo, me jaló del brazo y trató de levantarme, mis piernas no tenían fuerzas.

—Mira nomás, se te atoró el café de puro susto, ya mero te ahogas. Ahora tienes que ir con las mujeres para que te consigan otra ropa, con ese olor los pelones te van a oler a leguas.

—Sí —le dije, y me alejé. Dentro de mí, sabía que eran las culpas las que se me habían atorado y me habían puesto a las puertas del infierno.

## Mario II

Me encontraba en la enfermería de la prisión, no supe cómo llegué hasta ahí, ni cuánto tiempo había pasado en ese lugar, una voz me hizo salir de la modorra, era mi compañero de al lado.

—Ahí viene el doctor Romero, él no es de la Liga, no comentes nada que sea secreto, no vaya a soltar la lengua.

Con trabajos, traté de enderezarme para ver mejor al que se acercaba. Desde donde estaba sólo podía mirar a un hombre gordo vestido con una bata blanca muy chica para él, tenía alrededor de cincuenta años, era bajo y su pelo era gris pero su bigote muy negro. Pasó a los pies de la cama sin mirarme y se acercó al compañero que me había prevenido.

—¿Prudencio, cómo amaneció hoy? —dijo el médico distraído mientras se acomodaba sus pequeños lentes.

—Ya ve, ahora soy menos que antier —respondió Prudencio.

—Pero aunque con una pierna menos, ahora vivirá más.

—En eso de la pierna tiene razón, doctor, pero vivir más no hay quien lo asegure… Al rato se les ocurre a los pelones sacarme a fusilar…

—Así traerá su conciencia, Prudencio, pero a estas alturas no creo. Si eso hubiera sido, lo habrían dejado en el cuartel Colorado y así nadie se entera.

—Eso sí, doctor, cuando vieron que la pierna comenzaba a negrear y apestaba a perro muerto, me trajeron para acá y usted nada maneado que me mete cuchillo. Mire cómo quedé: tuerto, una mano con un dedo mocho, ahora sin una pierna...

—Ya ve, por andar de alzado —dijo el médico.

—No, doctorcito, se equivoca, eso del balazo en la mano fue un accidente, allá en el potrero salí a cazar güilotas, no tiene nada que ver con los de la cristera.

—Sí, hombre, ya lo sé. Si viera cuántos accidentes de esos he tratado en estos tiempos, es más, llegué a pensar que allá en San Martín y Cocula las güilotas se defendían a puro balazo, por lo visto parece que también en San Julián ya agarraron la misma maña, ¿o no?

—Mire, usted no lo va a creer, pero se han dado casos...

—¿Y lo de su pierna, otra güilota?

—No, eso fue un coyote pelón que me confundió con cristero, pero nada que ver.

—Déjeme revisar su pierna —dijo el médico al tiempo que levantaba la sucia sábana que cubría a Prudencio. Desde mi lugar pude ver la sabana manchada de sangre.

—Pues vaya a verla allá donde la tiraron, aquí quedó el puro tronco y la comezón en los dedos, lo peor, ni como rascarme —dijo Prudencio entre broma y nostalgia.

—Pienso que en cinco días le daré de alta, para que lo pasen con los otros —añadió el médico sin hacer caso de las palabras de Prudencio—. Usted está mejor —dijo mientras se me acercaba—. El vómito y la diarrea casi han desaparecido, y el olor de la creolina se irá con el primer baño, espero que usted no me recrimine como su amigo. El corte de pelo y la despiojada se los debe aquí a Carolinita. —Dirigí la mirada hacia donde el médico señalaba; al pie de la cama una muchacha muy delgada de ojos negros me miraba apenada, no tenía más de quince años, ella debió de haber estado ahí desde que el médico llegó con Prudencio, pero no me había dado cuenta, de pronto me sentí apenado, con la cabeza rapada, con esa bata gris y la cobija manchada por mis vómitos, traté de cubrirme hasta el cuello—. No se preocupe, ella es nuestro ángel y aquí ha atendido casos peores, yo en su lugar le daría las gracias, en vez de tratar de esconderme entre las cobijas —dijo al tiempo que colocaba un abatelenguas en mi boca.

Miré a la muchacha, moví la cabeza para tratar de darle las gracias. Ella respondió bajando la mirada.

Luego me dijo:

—Está bien, no se mortifique; por cierto, me llevé sus escapularios a mi casa para lavarlos, mañana se los traigo—. Quedamos en silencio, Prudencio con la mirada vacía recorría los caminos de sus recuerdos. El médico tomó el termómetro de mi sobaco y lo miró—. Bueno, la fiebre ha cedido, creo que usted libró esta tifoidea. Si sigue así, en cuatro días le daré de alta.

Luego los dos se retiraron para seguir con los otros enfermos que se encontraban en la sala. Yo seguí con los ojos a aquella joven, que aunque traía su pelo negro recogido, en algo me recordaba a Beatriz.

—Es hija de José Díaz, con ella puedes mandar recados, es la única de confiar en esta sala, dicen que don José es de los juramentados de la U —me comentó Prudencio en voz baja.

Por primera vez, observé con atención a mi compañero.

—Usted, Prudencio, ¿de dónde viene?

—Soy gente del Catorce y del padre Vera, allá por San Julián.

## Beatriz VI

Había pasado poco más de un año desde el aguadal. El señor cura le pidió a la tía Chona, hermana de mi padre, que se hiciera cargo de mí, aunque eso de hacerse cargo era sólo un decir, pues yo ya no era niño. En la crecida, la tía perdió a su marido y a sus hijas. Antes de aquellas muertes era muy alegre; el agua se llevó a su gente y sus alegrías, de ahí para delante parecía que nada le importaba; se volvió callada como mi padre, no hablaba con los vivos, siempre de negro, se la pasaba metida en la iglesia, para todos lados andaba con el rosario en la mano, regaba sus oraciones por el pueblo, cuando pasaba por el comercio de Epifanio, le echaba bendiciones como si quisiera espantar a los demonios. La gente decía que se había vuelto loca. Al llegar a la casa, seguía rezando frente al altar que había hecho para sus muertos, ahí también tenía la foto de mi padre, pero no la de mi madre, en verdad ella nunca la quiso bien, don Gabino decía que era de las pocas personas piadosas en el pueblo que merecían la salvación y que los dos nos haríamos compañía.

Desde la muerte de Beatriz nadie volvió a ver a Epifanio, el comercio lo atendía Cecilia, su mujer, y Sabino, junto con alguna de las muchachas que ayudaban en la casa. La gente decía que Epifanio se encerró en una de las trojes, sabían que estaba vivo, porque la comida que le dejaban en la puerta desaparecía y sólo quedaban los platos vacíos, otros platicaban que salía por las noches a visitar el panteón para acompañar a su hija hasta antes del amanecer.

En fin, podría ser cualquier cosa, la verdad es que La Reina no duró mucho, al poco tiempo comenzaron los arreones del demonio contra la Santa Virgen; el 14 de marzo del 26, en el sermón del domingo, el señor cura dijo al pueblo que el gobierno y su gente querían quitarnos nuestra religión; el enojo nos fue creciendo por dentro, a medida que don Gabino seguía hablando, la gente se iba llenando de indignación, otros de miedo, Filiberto se afanaba con el incensario, el humo santo comenzó a llenar la iglesia, las palabras del padre se nos metían por el cuerpo y llenaban mi cabeza, al oírlo, imaginaba cómo sería la vida en manos de los infiernos, qué iba a ser de los niños sin el bautismo, de las mujeres sin los rezos, para nosotros estaría cerrada la gloria y los muertos quedarían en pecado, sin esperanza de que las almas salieran de sus cuerpos engusanados. Veía un pueblo triste, con los ojos vacíos, como los de las bestias, sin un lugar a donde ir, sin nadie a quien pedir ayuda, inundado de pecados.

Para defender a la Santa Virgen y a su religión, el padre pidió que hiciéramos el boicot, me quedé pensando cómo era hacer el boicot. El templo estaba en silencio, las mujeres se persignaban una y otra vez, los hombres miraban al suelo, dando vueltas a sus sombreros como si fueran cuentas de rosario, la verdad era que ninguno sabíamos de eso; cuando el señor cura lo explicó, la calma regresó, pero el enojo seguía ahí, yo me quedé más tranquilo, pues eso de no comprar ni vender con gente del demonio parecía fácil, entonces de boca en boca empezó a circular el nombre de Epifanio, poco a poco el nombre se hizo más claro, doña Cecilia, su mujer, que estaba sentada en la tercera hilera en las bancas de las mujeres, se tapó la cara con el rebozo y se fue escurriendo como alma en pena; miré a don Gabino, que desde el púlpito se dio cuenta, pero volteó para otro lado y siguió con la misa.

Al padre Gabino nunca le confesé, en mi primera confesión después de la crecida, lo de los sagrados santos óleos en la tumba de Beatriz, sólo le dije que aquella noche me había quedado quieto, mirando cómo a mi hermano se lo llevaba la corriente sin hacer nada, él me dijo que había cometido un gran pecado, que yo era como un Caín y que traería cargando esa marca por toda la eternidad y que aunque él me perdonara, la vida de mi hermano sería como una cruz. Yo sabía que traía pecados más grandes que Epifanio, pero el padre no los conocía, si no a mí también me hubieran hecho el boicot y nadie me habría comprado ni la cosecha ni las pitayas. Por eso cuando salí de la misa fui de los primeros en buscar un listón rojo, para colgar un moño grande en la puerta de la casa. Era como aventar una piedra al tejado del otro para que nadie mire para tu casa. El moño rojo era la señal de que defendíamos nuestra religión y haríamos el boicot, muchos hicieron lo mismo, mal habíamos terminado de salir del atrio cuando las puertas y ventanas del pueblo se llenaron con moños rojos, unos más grandes que otros. Yo pensé que el tamaño del moño era el tamaño de la pedrada. Los únicos lugares donde no se colgaron moños fueron la presidencia municipal, las puertas de don Epifanio, el curato y el templo.

La Reina se fue quedando sola, al principio la gente iba cuando pensaba que nadie la veía, pero mi tía se la pasaba cada vez más tiempo frente a ella, decía que era un encargo del Altísimo y con sus rezos trataba de ahuyentar a los que intentaban comprar o vender algo. Por eso cuando entró el mulero al pueblo, con la mercancía de la semana con la que surtían, le advirtieron que no llegara, que Epifanio y Cecilia ahora eran gente mala, que estaban contra la religión, pero él no quiso entender, siguió su camino por la calle grande; yo había ido a buscar a mi tía, la gente fue saliendo quién sabe de dónde, se empezó a juntar y lo fue siguiendo, caminábamos tras de las mulas, parecíamos un río de silencio, a cada paso el enojo crecía; el hombre apuraba la marcha de su recua mientras nos miraba de reojo, sus ayudantes se fueron quedando atrás hasta que se confundieron con la gente; la tienda ya estaba cerca, los gritos de "demonio e hijo de Satán" fueron creciendo como una corriente embrutecida, de pronto, una piedra pasó zumbando sobre mi cabeza y se estrelló en la cabeza del hombre y le tumbó el sombrero, entonces, como agua negra, una lluvia de piedras cayó sobre él tirándolo al suelo, las bestias asustadas salieron a trote calle arriba, las mujeres como asquiles se echaron sobre el aturdido mulero, que trataba de cubrirse la cabeza con los brazos, los golpes sonaban secos, como pude salí de aquel remolino, a poco la gente se fue quedando sin enojo, miraban al mulero sorprendidos, él estaba casi sin ropa, ya nadie hablaba, sólo las letanías de mi tía resaltaban entre la polvareda, el arriero sangraba por todos lados, trató de levantarse, una y otra vez terminaba revolcándose entre el lodazal de sangre y polvo, parecía borrego degollado, las viejas sólo miraban, algunas se persignaban, nadie trató de ayudarlo, después de tres o cuatro intentos, se quedó en el suelo, alguien dijo que había que llevarlo con el señor cura, como pudieron trataron de ponerlo de pie, pero el hombre volvía a caer, Medardo y Lupe se acomidieron para ayudarle, pasaron los brazos del hombre sobre sus cuellos, el mulero levantaba la cabeza para tratar de mirar, pero sus ojos estaban casi cerrados, parecían huesos de aguacate cuajados de sangre, la nariz reventada, por todos lados la sangre escurría, así se lo fueron llevando, casi a rastras, como crucificado, no decía nada, sólo lloraba, al pasar frente a La Reina, los portones ya estaban cerrados, a la pasada algunas mujeres apedrearon la casa, pero su afán no duró, tenían que llegar a la iglesia.

El cura Gabino nos esperaba en el atrio, cuando miró al mulero movió la cabeza, resignado, y se santiguó, después abrió la puerta del curato y ordenó que lo pusieran en una de las bancas.

—¡Pobre hombre! Mire cómo le dejaron.

El hombre levantó la cara como para ver quién hablaba.

—¡No hice nada, no hice nada! —decía mientras trataba de limpiar con la manga de su camisa la sangre que escurría de la boca.

—Pero iba a hacer —dijo el señor cura, mientras sacaba un pañuelo blanco que traía escondido en la manga de su sotana, antes de dárselo se arrepintió y pidió que trajeran un lienzo mojado para limpiarlo; tres mujeres, entre ellas mi tía, obedecieron y corrieron hacia dentro del curato—. Mira, no estoy de acuerdo con esto, pero el pueblo tiene el derecho de defender su religión, yo no soy nadie para decirles cómo. Tú querías hacer algo que va en contra de lo que ellos, como cristianos, decidieron. La culpa es tuya. —El cura alzaba la voz para que lo oyéramos, muchos asintieron con la cabeza.

Las mujeres regresaron, traían un paño blanco que extendieron frente a la cara del mulero, él con cuidado se limpió el rostro, luego mi tía, como si estuviera agarrando un alacrán por la cola, tomó el paño con la punta de los dedos para no mancharse y lo arrojó al rincón.

—Le dijimos que no fuera con Epifanio y el siguió de necio —dijo una mujer.

—¿Y las bestias? —me preguntó don Gabino, su mirada me agarró de sorpresa.

—Se fueron cuando empezó la pedriza —dije.

—Búsquenlas —ordenó.

Medardo, Lupe y yo salimos al atrio, tardamos tiempo en acostumbrarnos a la luz. Miré para todos lados, seguía encandilado, no sabía por dónde empezar. En un rincón del atrio, estaban los ayudantes del mulero, miraban hacia el curato como perros regañados. Cuando nos vieron trataron de hacerse los disimulados, me dirigí hacia donde estaban y se fueron arrinconando hasta quedar casi pegados a la pared, sus caras estaban llenas de miedo.

—¿Para dónde jalaron las mulas? —La voz que me salió desde adentro era ronca y fuerte, miré satisfecho cómo mis palabras hacían crecer su miedo. Esa fue la primera vez que sentí lo que era tener autoridad.

—¡El señor cura las quiere aquí! —dijo Lupe alzando también la voz.

—Se fueron por el camino a la barranca, si quieren vamos a buscarlas —los muleros salieron del atrio sin darnos la espalda, nosotros nos fuimos tras ellos.

## Mario III

Debíamos llevar una hora de camino, nuestras sombras, hurañas, se escondían de los rayos del sol enredándose entre los cascos de los caballos. Era mediodía, el camino no había terminado de olvidar nuestras huellas y nosotros ya estábamos desandándolas, como quien recoge sus pasos para encontrarse de nuevo con sus fantasmas antes de la partida.

Marchábamos en silencio, pero yo hablaba con mis remordimientos, no tuve tiempo de buscar al padre Pérez para que me confesara, la orden de regresar apenas me dio tiempo para pedir a aquella mujer otra ropa.

No sabía cuánto tiempo había caminado sin rumbo por el campamento, Hipólito me dijo que fuera a donde las mujeres para quitarme aquella mezcla de vómito y mierda. De pronto, sin saber cómo, me encontré parado frente al tejabán que hacía las veces de cocina.

—¡Mire cómo viene, parece que lo revolcó el diablo! —me dijo sin saber que había adivinado.

Mientras limpiaba sus manos en el delantal, la miré, seguía aturdido; sus pequeños ojos negros parecieron comprender, sin decir nada más, me hizo la seña de que la siguiera, caminé tras de ella, bordeando un gran comal, hacía esfuerzos por no tropezar con las mujeres que hincadas echaban las tortillas para el almuerzo; la pequeña figura de anchas caderas de repente parecía desaparecer entre el humo y los olores a comida recién hecha. Llegamos por fin hasta un gran mezquite que guarnecía un pequeño jacal. Me indicó que la esperara afuera, obedecí, pero en mis adentros sus hermosas caderas seguían contoneándose como las ancas de una yegua fina; sin querer, el pecado del pensamiento me empezó a crecer por dentro, trataba de pensar en otras cosas pero sus caderas seguían ahí llamándome, tomé mi sombrero y cubrí mis partes para que no delataran mis pensamientos.

Cuando salió del jacal llevaba en las manos un atado de ropa.

—Mire si le quedan, si no, me busca, ya sabe dónde me encuentra —me dijo.

Estiré una mano para tomar la ropa, con la otra sostenía en su lugar el sombrero, no la pude mirar a los ojos, quería brincar sobre ella, pero mis pies se quedaron clavados en la tierra, mientras veía cómo se retiraba pude distinguir su olor, era limpio como el de Beatriz, pero más firme. ¿Sería porque era una mujer bien hecha? La verdad, no lo sé, pero cuando cambié de ropa, las ganas me reventaban por dentro, entonces, tirado entre la hierba, solo, exprimí mis pensamientos.

De regreso no me animé a pasar por la cocina, me daba pena encontrarme de nuevo con ella. Estaba casi seguro de que si me hubiera visto a los ojos, habría adivinado mi lujuria y se hubiera sentido ofendida, por eso preferí dar la vuelta al campamento para salir por atrás del puesto de mando. Al llegar ahí me topé de frente con el Capulín, los dos nos sorprendimos, él no dijo nada, pero en su mirada se veía que las cosas no estaban bien.

—Prepara a los hombres y el cargamento que trajimos, nos vamos de regreso ahora —dijo de repente, mirándome con los ojos enrojecidos; al principio pensé que había descubierto mi debilidad entre la hierba, pero después recordé el asunto de los arrieros y lo que me había comentado Hipólito, entonces me quedó claro de qué se trataba, me quedé más tranquilo por el asunto de mi acto solitario, como lo llamaba el padre Gabino, pero me regresó la preocupación por la muerte de los arrieros amigos de la causa.

El sol se fue poniendo a nuestras espaldas, ahora las sombras se alargaban, pareciera como si quisieran huir de nosotros y dejarnos a nuestra suerte errando para siempre en su búsqueda.

Íbamos rumbo a la Lagunilla, pero esta vez no haríamos rodeo, debíamos llegar antes de oscurecer. El Capulín tenía la orden del Estado Mayor de presentarse ante Miguel Águila, administrador de la hacienda, entregarle las pertenencias retenidas a los arrieros, explicarle lo ocurrido y ponerse a su disposición, él impondría el castigo, cualquier cosa que aquel hombre dispusiera debía ser respetada y obedecida. Aquello lo sabíamos Manuel y yo. Si el hombre decidía que todos debíamos ser fusilados, así tendría que ser, nosotros mismos hubiéramos sido los encargados de hacer que la orden se cumpliera; hasta ahí yo no tenía problema, pero ¿y si la orden fuera que se fusilara sólo a Manuel?, yo no estaba seguro de poder cumplirla. En medio de las dudas y el remordimiento, llegamos hasta las cercanías de la hacienda.

En las azoteas de la casa grande se alcanzaban a divisar las siluetas de los hombres que hacían guardia. El sonido de una campana daba la alerta anunciando nuestra cercanía, los hombres se movían de un lado para otro, la cornisa ahora parecía una hilera de puntiagudos dientes. El Capulín seguía sumido en sus remordimientos, la brasa de su cigarro entre los labios iluminaba de vez en vez su rostro de color rojo. El Mochito emparejó su caballo haciéndome una seña, a nuestra derecha, unos puntos blancos venían bajando la loma, no debían de ser más de cuatro, arriaban unas bestias con unos bultos terciados en el lomo. A ese paso nosotros llegaríamos primero a la puerta de la casa grande, Manuel seguía cabalgando, no parecía darse cuenta de nada.

El sol se había tapado entre las lomas, la noche despuntaba, cuando nos encontrábamos a tiro de fusil, un disparo salió desde la hacienda, la bala se estrelló en el terregal levantando una tímida polvareda, los caballos se encabritaron, nuestros hombres tuvieron que hacer esfuerzos para apaciguar a las bestias. Un potente grito se escuchó desde una de las trojes, la más cercana.

—¡Alto! ¿Quién vive? —El Capulín detuvo su caballo, parecía una estatua. Su cigarro despedía un hilillo de humo. No dijo nada. Un segundo disparo pasó zumbando como mayate sobre nuestras cabezas. Manuel parecía de piedra.

—¡Nos van a matar, cabrón! —dijo Chema mientras trataba de controlar su caballo, yo adelanté unos pasos para dar el santo y seña, pero el Capulín me detuvo.

—Si de todos modos nos van a matar, mejor que sea así —la intención de Manuel me agarró de sorpresa, yo estaba lleno de pecados y no podía morirme sin confesar, el miedo se me amontonó en el vientre; sin pensar, jalé la rienda de mi caballo para retirarme de aquel hombre que me quería llevar con él a la condenación eterna.

—¡No disparen! —grité, la voz repitió su consigna.

—¿Quién vive?

—¡Viva Cristo Rey, la Santísima Virgen de Guadalupe y el general Degollado! Traemos un recado para don Miguel Águila. —El silencio se hizo pesado, alargando el miedo. Los cuatro hombres que habíamos visto bajando por la ladera se habían detenido a una distancia segura y observaban.

—Que se acerque uno a donde podamos verlo. —Manuel seguía sin moverse, yo no quería quedar en medio, Chema avanzó despacio entre nosotros, cuando estuvo cerca de la troje, la voz se escuchó de nuevo.

—Párate ahí. —Chema obedeció. Dos hombres salieron a su encuentro sin dejar de apuntarle con sus rifles, el Mochito les entregó su máuser, lo hicieron desmontar. No alcancé a oír lo que hablaron, pero nos hicieron señas para que nos acercáramos. Los hombres se le cuadraron a Manuel, él siguió con la mirada perdida, como si todo aquello lo tuviera sin cuidado.

—Perdone, mi mayor, pero anda por los rumbos una partida de agraristas haciendo daños. Ayer asaltaron a uno de los muleros y lo ahorcaron junto con sus hijos, nomás los dejaron campaneando como lágrimas de mezquite para que se los comieran los animales; lo bueno fue que los encontraron hoy en la mañana y vinieron a avisar, ahorita van llegando con ellos —dijo al tiempo que señalaba a nuestras espaldas; todos volteamos, menos Manuel, que mantenía la mirada clavada en el portón de la hacienda. Cuatro hombres a pie jalaban dos mulas que traían terciados en sus lomos los cuerpos de Macedonio y sus tres hijos, también el perro los acompañaba ladrando y dando saltos de un lado para otro; el remordimiento me salía por los ojos, no supe qué decir. Lupe y los otros se miraban para luego clavar sus ojos en el suelo como si no quisieran que la culpa que traían en la cara los delatara.

—Buenas noches les dé Dios —dijeron los hombres al pasar entre nosotros con su cargamento. Todos nos quitamos los sombreros en señal de respeto a los difuntos, menos Manuel; yo bajé de mi caballo y tomándolo de la rienda caminé tras el cortejo, los otros me siguieron. En el patio de la hacienda la gente esperaba a la luz de las antorchas, los peones con el sombrero en una mano se santiguaban, las mujeres envueltas en sus rebozos iniciaban un rosario, algunos niños curiosos miraban a la distancia; al otro extremo del patio, en la entrada de la casa, un hombre observaba, Manuel enfiló su caballo hacia él, desmontó y pude ver cómo se saludaban, los dos entraron a la casa grande.

Unos peones desataron los cadáveres, uno a uno los fueron colocando en el piso, yo volteé para otro lado, no quería verles la cara, se me reveló su imagen brincando desesperados, tratando de alcanzar el resuello que nunca llegó, con su boca llena de espumarajo y los ojos bien abiertos como si tuvieran de frente al demonio; la amargura me fue llenando por dentro, en mi cabeza los rezos se fueron haciendo cada vez más fuertes, las mujeres enrebozadas comenzaron a dar vueltas sobre mí, ahora reían, sus bocas desdentadas parecían cuevas malolientes, traté de huir, ellas cantaban mis pecados, corrí hasta un rincón lejano, traté de tomar aire, poco a poco mis pecados se fueron apaciguando, Lupe y los otros se habían retirado con los animales.

—¿Es usted Mario?

—Sí —contesté sorprendido.

—Lo llama el patrón, me ordenó que lo presente ahora mismo en la casa. ¡Sígame!

Obedecí en silencio, aquel hombre estaba armado, traía su carabina en la mano y la pistola al cinto. Traté de mirar su cara para distinguir sus intenciones pero sus ojos eran fríos, alguien acostumbrado a cumplir órdenes; yo sólo traía mi pistola, el rifle lo había dejado clavado en la montura. Caminó delante de mí, eso me dio esperanzas, las cosas no deben de estar tan mal, pensé. Al entrar a la casa, me llevó hasta una gran puerta, estaba cerrada, adentro sólo escuchaba el murmullo de los rezos y los preparativos para el velorio. Antes de abrir la puerta me pidió mi pistola, dudé pero él sacó la suya y sentí el frío cañón entre los costillares, pensé que había llegado la hora, sólo esperaba que Manuel hubiera contado la verdad y que no nos echara toda la culpa a nosotros; el hombre me desarmó.

—¿Ya ve qué se siente? No es lo mismo enfrentarse con hombres dispuestos que con arrieros desprevenidos, nomás espero que el patrón me dé la venia de mandarlos al infierno. —Un escalofrío me fue bajando desde la nuca, mi único pensamiento era que no me había podido confesar.

—¿Hay aquí padre? ¿Dejarán que me confiese? —Las palabras me salieron solas, no tuve tiempo de pensarlas.

—Sí, como ustedes confesaron a mi compadre y a mi ahijado…, con un lazo como escapulario —dijo mientras abría la puerta.

—Aquí está, patrón. Usted ordena.

—Está bien, espéranos afuera, yo te llamo.

Don Miguel era un hombre muy blanco, alto, grueso, de ojos pequeños azules, voz grave, como si saliera desde un cántaro.

Aquel lugar estaba bien iluminado con muchas lámparas de petróleo colgadas en las paredes; miré a Manuel parado al lado de una gran mesa de madera, sobre ella estaban su revólver y el máuser, tenía la mirada clavada en el piso, con sus dos manos sostenía el sombrero.

—Bien, sargento. ¿Es verdad lo que me acaba de contar el mayor? —Dudé, no podía contestar, no sabía si podía confiar en el Capulín—. ¡Sargento, le estoy hablando!

—Señor, nosotros no sabíamos que eran de nuestra gente, el capitán les preguntó qué era lo que traían, el viejo no dijo nada de lo del parque y las armas, entonces creímos que eran de los que surtían a los agraristas.

—Y por creídas los ahorcaron… ¡Si serán pendejos! Miren, estamos en guerra; los muertos van y vienen, huérfanos y viudas se dan como en maceta, no lo podemos evitar, en estos momentos Dios nos lo permite, pero entiendan: no salvaremos este país de los herejes si seguimos haciendo babosadas. Macedonio y sus hijos se habían ganado la confianza del general de los federales y de su esposa, esos hombres eran más importantes para la causa que todos ustedes juntos.

Don Miguel caminó despacio por el salón, el Capulín y yo nos miramos. No atinábamos a decir palabra. El hombre se paró a mis espaldas, sentí su mirada en mi nuca. Debió de haber sacado su pistola, escuché cuando la engatillaba, entonces un escalofrío me recorrió el cuerpo, los pelos de la nuca se me erizaron, no pude o no quise voltear, con la mirada busqué las armas que estaban sobre la mesa, no podía moverme, respiré muy hondo, Manuel con los ojos muy abiertos no perdía detalle, un líquido caliente me escurrió por las piernas, en la cabeza el sonido del aguadal comenzó a crecer, cerré los ojos, había llegado el momento, me iría con mis pecados al infierno, sólo atiné a decir entre dientes: "Júdica me, Deus, … de gente non sancta".

*Mario IV*

—Si los mando fusilar diez veces no pagarían el mal que le han hecho a la causa, tampoco remediarían nada de lo que pasó. Por otro lado, en este momento, la causa de la Virgen necesita de hombres para que luchen por ella, aunque sean tan pendejos como ustedes.

La voz me llegaba desde lejos, abrí los ojos despacio, la luz de las lámparas era más brillante y ahora se reflejaba en el charco que se había formado alrededor de mis pies, la boca la tenía seca, las manos me dolían por el miedo acorralado.

—Mire, capitán, ahora mismo se me van de aquí, en estos momentos la gente de la hacienda ya debe de saber lo que hicieron y han de estar esperando que se haga justicia, ellos no comprenden muy bien esto de la estrategia. Macedonio y sus hijos eran de por el rumbo, aquí en la casa grande ustedes hicieron dos viudas, la esposa y una nuera del viejo que trabajan en la cocina. Yo no puedo garantizar su vida si se quedan. Tengo informes de que los Meza planean una acción importante allá abajo cerca de Amacueca, repórtense con ellos, de algo han de servir.

Un rumor que venía desde el patio de la hacienda fue creciendo, sonaron dos disparos. Don Miguel abrió la puerta y salió corriendo con la pistola en la mano, Manuel tomó sus armas y lo siguió, yo no atinaba a seguirlos, el miedo aún no se había ido del todo, no sé cuánto tiempo pasó. Cuando pude moverme llegué hasta el corredor, la gritería seguía creciendo, las mujeres envueltas en sus rebozos corrían de un lado para otro como gallinas espantadas, al llegar al patio vi a la gente amontonada alrededor de un mezquite, y pude divisar a Chema y Lupe, que estaban amarrados. Don Miguel trataba de protegerlos de aquel enojo que se había desbordado, y como en el día del aguadal, los gritos fueron amainando hasta llegar al murmullo, comencé a caminar hasta donde estaban mis compañeros, el miedo me había regresado, a mi paso la gente se hacía a un lado, recordé la historia de Moisés cuando cruzaba el mar Rojo, algunas mujeres iban cargadas con piedras, otras con palos. Me miraban, el odio se asomaba en sus caras arrugadas, "cabrones aprovechados", escuché; la voz se perdió entre las mujeres; una piedra se estrelló en mi espalda, el golpe me retumbo en la cabeza, no sentí el dolor, quise agarrar mi pistola, la funda estaba vacía, entonces recordé que me habían desarmado antes de entrar al salón; me sentí indefenso. El camino me pareció eterno, pero llegué hasta donde estaban mis compañeros, vi que los habían golpeado, parecían santos cristos. El Capulín tenía su carabina entre las manos, pero no apuntaba para ningún lado.

—Ellos fueron, sé que lo que hicieron no tiene perdón.

El murmullo creció. Pensé que Don Miguel nos estaba traicionando.

—¡Ahórquenlos! —gritó una voz perdida en las sombras, algunos hombres hicieron el intento de acercarse, el Capulín retrocedió, yo traté de acomodarme tras el hacendado.

—¡Esperen!, ¡déjenme hablar!, ¡fue un error, un error que nos duele mucho!, Macedonio y sus hijos eran de los nuestros, ellos sabían que arriesgaban sus vidas y la Virgen de Guadalupe quiso que esto ocurriera. Muchos han muerto y, como dice el padre Vera, Dios sabe recompensar a los que mueren en su nombre defendiendo una causa justa. Estos hombres también defienden nuestra causa, la causa de nuestro Dios, y de María Santísima. Petra —dijo dirigiéndose a una mujer que estaba frente a él—, tu hijo anda con el general Ibarra, Dios no lo quiera, si mañana lo matan será un mártir de la fe, si sale vivo de esta, quién sabe qué rumbo tome su vida. ¿Qué prefieres, un hijo muerto y mártir de la causa o uno vivo en una patria gobernada por el pecado?

—Siendo así lo prefiero muerto.

Las viejas de las primeras filas movieron la cabeza en señal de afirmación.

—Macedonio y sus hijos ahora son mártires de la causa, ganaron la gloria con su sangre. Para estos hombres su mayor castigo será seguir en este mundo, ahora tendrán la obligación de seguir defendiendo la causa, vivirán penando; a Inocencia y a Juana y sus hijos aquí en la hacienda no les faltará nada, yo me haré cargo de ellas como me hago cargo de ustedes. En este momento estos hombres saldrán de aquí a seguir luchando hasta que la causa triunfe o paguen con su sangre los pecados cometidos.

Manuel y yo comenzamos a desamarrar a Lupe y a Chema, la gente seguía sin moverse, don Miguel se encaminó hacia la troje, nosotros lo seguíamos, las aguas se abrían a nuestro paso, Medardo nos alcanzó, los demás ya tenían preparados los caballos.

—¡Regrésenles sus armas! —ordenó el hacendado, el compadre del viejo arriero se sacó mi revolver de la cintura y se acercó a mí con el odio entre los dientes, escupió al suelo y me dijo en voz baja:

—Al rato nos vemos, ahora la libraste, el miedo te escurrió por los pantalones, quién quite y hasta te cagaste, méndigo cobarde. Ahora váyanse de aquí y no asomen la cabeza por estos rumbos por un buen tiempo, ya no respondo de mi gente ni de mí. Pídanle a Dios que mejor los haga mártires.

Salimos cabalgando a trote lento, sólo el sonido de los cascos de los caballos rompía el silencio, yo sentía que los odios se me clavaban en la espalda, pasamos por el puesto de guardia, en ese rato pensaba que aún podían arrepentirse, piqué las espuelas a mi caballo para que alargara el tranco, me puse a un lado de Manuel, no pasó nada, seguimos la marcha en silencio.

*Chema II*

Cabalgábamos en la oscuridad. En cuanto perdimos de vista la hacienda, Manuel ordenó que dobláramos a la izquierda para evitar que algunos peones inconformes nos tendieran emboscada, cruzamos la barranca y nos fuimos bordeándola por la otra orilla, después de un rato Manuel ordenó que desmontáramos y mandó poner doble guardia, no hicimos lumbre para calentarnos, de todas maneras no faltaba mucho para que amaneciera. Con las primeras luces reanudamos la marcha rumbo a Atemajac, el camino se alargó por las desconfianzas de Manuel, pero esta vez sí tenía razón, nuestro pellejo estaba muy barato, teníamos que cuidarnos de los enemigos y de los inconformes de la hacienda. Entrada la noche llegamos a las orillas de Atemajac, de nuevo el Capulín nos hizo rodear el pueblo. A medida que nos acercábamos a Ferrerías, Chema se ponía más triste e inquieto, yo lo entendía: ahí él había perdido sus orejas y a su familia. Después de un rato Manuel dio la orden para que desmontáramos y armáramos el campamento. De nuevo ordenó doble guardia, a Chema y a mí nos tocó la primera. Cuando terminamos la guardia, Chema y yo nos fuimos a dormir, pero nomás nos remolineábamos entre la breña, de pronto escuché su voz.

—Mario, ¿ya te dormiste?

—No, Mocho. ¿Quién va a poder dormir con la conciencia tan cargada? ¿Qué quieres?

—Vamos rumbo a Amacueca. ¿No extrañas?

—La verdad no tanto, pues yo ahí ya no tengo a nadie. ¿Y tú, Mocho, extrañas tu pueblo?

—No, salí de él hace dos años, pero la verdad es que me fui para no prenderle fuego al maldito caserío.

—Bueno, Chema, cada quien tiene sus razones. ¿Pero tanto como eso?

—Mira, Mario, después de sacarnos del jacal, nos llevaron a mi padre y a mí hasta la plaza; cuando llegamos ya tenían a todo el pueblo reunido, solo faltaba el señor cura y mi madre, le pregunté a mi padre por ella, él me miró con la tristeza enredada y movió la cabeza de un lado para otro, comprendí que estaba muerta igual que mi hermano. Unos pelones salieron de la iglesia, algo dijeron al capitán, este mandó a otro grupo hacia el templo, los del pueblo estábamos amontonados entre el cerco de pelones que nos apuntaban con sus armas, el recién nacido de la Luisa no paraba de chillar, por más que ella danzara de un lugar a otro zarandeando a su molotito envuelto en el rebozo. "¡Callen ese escuincle o me los quiebro a todos, empezando por la madre!". Uno de los pelones se adelantó con su rifle y dio un aventón a la Luisa, que cayó de espaldas pero sin soltar al niño, que pareció entender el peligro en el que nos metía y se quedó callado. En ese momento unos disparos se escucharon a lo lejos. Mientras, los militares regresaron de la iglesia cargando tres cajas largas que

pusieron a los pies del capitán, agraristas y soldados corrían por todo el pueblo, iban y venían en grupos, se
apalabraban con el capitán y volvían a salir de la plaza
para meterse a otra casa. Escopetas y viejas pistolas se
fueron amontonado a los pies del militar que de cuando
en cuando echaba una mirada hacia donde estábamos
todos con caras de asustados, entonces, trajeron los
ajuares del templo; la ropa que usaba el señor cura en las
misas se amontonó entre las armas viejas, ahí terminaron
también el copón y la custodia del Santísimo, que estaban a resguardo de doña Paz, todos la mirábamos de
reojo, la vieja empezó a llorar. El hombre que nos había
llevado hasta la plaza se acercó hasta nosotros. "Jálenle
para acá", dijo mientras me golpeaba en la espalda con
la culata del rifle señalándonos a mi padre y a mí, a empujones nos llevó hasta el capitán, que con la mirada
clavada en el suelo caminaba de un lado para otro pe-
gándose en las botas con su fuete. También a empujones
llevaron a doña Paz, que ahora lloraba muy despacito al
tiempo que escondía la cara entre su rebozo. "Así que
ustedes son los traidores que están ayudando a estos
asesinos a luchar contra el supremo gobierno". Mi padre
y yo nos quedamos sin saber qué decir, nosotros no
teníamos vela en ese entierro, mi padre siempre se había
dedicado a trabajar la tierra, era cierto que mi madre era
muy religiosa pero nada que la enredara en esos asuntos.
"No señor", dijo mi padre, "nosotros sólo nos dedica-
mos a trabajar para irla pasando como Dios manda".
"Como Dios manda, cabrón, no le eche la culpa a Dios
de sus pendejadas, que le aseguro que en estos asuntos

él ni se mete, son estos pinches curitas los que traen al país revuelto, soliviantando a indios estúpidos como ustedes a golpe de mentiras". El capitán hablaba con la voz muy alta para que lo oyeran los del pueblo, la vieja Paz seguía chillando muy bajito. "A ver tú, vieja, ¿qué dices, tampoco sabes nada?" "No señor, a mí nomás me pidieron…" "Te pidieron y tú te diste. ¿Dónde tienen guardadas las demás armas?", dijo mientras señalaba las cajas que habían sacado del templo, tres cajas llenas de carabinas nuevecitas y una con alteros de parque. "¿Quién los tenía que recoger? ¿Nadie sabe? Bueno, no digan que no se les dio la oportunidad". La gente del pueblo se arremolinaba inquieta en el cerco de soldados, mientras los agraristas miraban divertidos. "Pregúntenle al cura, nosotros no sabemos nada, a veces oíamos que llegaban por la noche jinetes pero nosotros no salíamos, tan dañeros unos como los otros", dijo mi padre masticando el coraje. Dijo el militar señalándolo: "En tu casa tenías escondido al curita, lo encontraron cuando escapaba por tu solar, él ya no nos puede decir gran cosa, pero ustedes sí. Traigan al delegado municipal". "Él ya no está", dijo mi padre muy quedito. "Entonces traigan a su familia, a ver si no aparece". "Su familia se fue para Guadalajara, después de que los cristeros lo colgaran de aquel mezquite dizque por ayudarlos a ustedes". "Está bien, traigan aquí a cuatro de esos", dijo señalando a la bola de gente. "O me dicen dónde están las demás armas o alcanzarán al curita en el infierno, tú también, vieja. ¡Revisen bien su casa, luego préndanle fuego para refrescar su memoria!" El capitán sacó su reloj, que colgaba de una larga cadena. "Son las cinco de la mañana, tienen media hora para decir todo lo que saben, de otra forma tendré que prenderle fuego al pueblo". "Yo he visto cosas, pero de bien a bien es poco lo que sé", dijo Juan, uno de los hombres escogidos por la tropa para hacernos compañía. "Eufemio, aquí presente", dijo señalando a mi padre, "eran ellos los que ayudaban al señor cura en esos menesteres, él y su hijo José, que quién sabe dónde ande". El capitán buscó con la vista a uno de los soldados, este sólo movió la cabeza. "Ese ya se les adelantó, se fue a hacerle compañía al cura". "Señor, si alguien sabe algo es Eufemio, también acusó al delegado con los cristeros para que lo ahorcaran". "No es cierto, Juan, tú sabes que estás levantando falsos, lo que él quiere es salvar su pellejo y el de su gente", dije yo encorajinado, mi padre movía la cabeza de un lado para otro, su mirada estaba clavada en el suelo, no se defendía. "Papá, dígales que no es verdad, que usted no hacía nada de eso, ¡dígaselos!", traté de que los del pueblo dijeran la verdad, pero sólo agachaban la mirada. "Dime lo que sabes, cabrón, sino aquí te vamos a fusilar con las mismas armas que les tenían guardadas a los alzados", pero mi padre no dijo nada, porque no sabía nada. Por más que le rogué que dijera algo, que se defendiera de las mentiras de Juan, él nada dijo. "¡Traigan aquí al muchacho!", ordenó el capitán, a empujones me llevaron hasta el militar, hicieron que me hincara, ahí estaba yo de rodillas frente a ese pelón que miraba a mi padre con ojos de maldad. "Si no hablas voy a desorejar a tu muchacho". Uno de los soldados le entregó su bayoneta y me agarró las manos por la espalda, traté de mirar la cara de mi padre, pero el militar me prendió de la oreja como si quisiera levantarme del suelo, pero el otro me tenía bien agarrado para que no pudiera moverme. "Es la última oportunidad. ¿Dónde están las otras armas?" El día empezaba a clarear, el silencio se agolpaba en mi oreja, el frío filo de la bayoneta me mordía la piel, sentí cómo el militar temblaba y cómo la hoja se enterraba despacio en la carne. "¿Vas a hablar o no?" Yo veía que los ojos del capitán buscaban una respuesta en los de mi padre, pero todo era silencio, sólo oía el temblor de las manos del hombre. "No sé nada, señor". La voz de mi padre se enredaba en su resignación, sentí cómo sus ojos tristes se clavaban en mi espalda. "Mejor deje a ese muchacho, él no tiene nada que ver en esto, se ve grande pero apenas tiene doce años, si usted quiere fusíleme a mí, pero no sé nada". Tenía tomada mi oreja con su mano derecha, noté un gran lunar negro en ella, nunca se me olvidará, de pronto en un rápido movimiento, oí como la bayoneta cortaba la piel, sentí un tizón ardiendo que me cruzaba la cara, traté de taparme con las manos pero no podía moverme, el soldado a mis espaldas me mantenía hincado. La sangre brotó por donde había estado mi oreja, era como un río de agua tibia que me escurría por un lado de la cara y se iba arrastrando por mi costado, un fuerte zumbido me llenó los ojos, las lagrimas se salieron, no recuerdo si grité, la cabeza me daba vueltas. "Todavía le queda otra, tú dices". "Ya le dije que no sé nada". Sin dar tiempo me tomó de la otra oreja y de repente sentí otro borbotón de sangre, sentí que la cabeza me estallaba, empecé a vomitar el coraje y el miedo revuelto con el dolor, logré zafarme del que me tenía agarrado, traté de taparme la oreja pero ya era tarde, sólo escuchaba la sangre que salía; el capitán pidió un paño, se limpió las botas salpicadas de mi vómito y me lo entregó sin mirarme. Busqué a mi padre, estaba arrodillado, y con la cara escondida entre sus manos repetía muy quedito: "Por Dios que yo no sé nada, no sé nada...". A empujones lo llevaron hasta el mezquite donde habían ahorcado al delegado, ahí lo amarraron y sin mediar palabra lo fusilaron. Aunque estaba cerca, escuché los disparos como si hubiera estado en un sueño, sólo el olor de la pólvora se me metió en la entrañas, así como la cara del capitán Mendoza, con sus dientes bien parejitos, sus ojos de víbora y ese lunar en la mano; después no supe de mí. Cuando desperté en medio de la plaza, el fuego había consumido la iglesia y la casa de doña Paz, dijeron que el capitán dejó que los agraristas saquearan el pueblo, pero que prohibió bajo amenaza de fusilamiento que se llevaran a las mujeres. Sólo se llevaron a Doña Paz. Cuando me pude levantar, ya los del pueblo habían desatado del mezquite el cuerpo de mi padre, quedó ahí tendido a su sombra, tres tiros le desfiguraron la cara y otros cuatro le rompieron las entrañas; luego trajeron los cuerpos de mi hermano, del señor cura y el de mi madre, ella murió de pura chiripa cuando el hombre entró al jacal y disparó en la oscuridad para asustarnos, mi madre se iba levantando y la bala le dio en la cabeza; el pueblo ayudó a enterrarlos en el camposanto entre murmullos de arrepentimiento, a Juan no lo vi por ningún lado. Yo traía el paño enredado en la cabeza, la sangre había dejado de salir y había hecho costra, de vez en cuando los agujeros donde habían estado las orejas me punzaban y oía como si los ruidos vinieran desde más lejos. Después del entierro me fui directo a la casa, estaba revuelta como si hubieran estado buscando las mentadas armas, la pistola que mi padre tenía escondida detrás del fogón ya no estaba, los pinches agraristas se me habían adelantado, sólo encontré el cuchillo de monte debajo del petate y el guango recargado en el durazno del solar. Quería que se me fueran los malos pensamientos, me acosté entre la tierra como cuando era niño y traté de dormir, pero de rato se me venían los llantos, los ojos de tristeza de mi padre se iban haciendo cada vez más grandes hasta parecer pozos de amargura negra, ahora me había quedado solo, dentro de mí nomás iba creciendo el rencor, la cabeza me punzaba, el dolor iba y venía en oleadas. Era de tarde, faltaba tiempo para que oscureciera, fui por el Palomo y lo enterré al pie del durazno, cada vez me quedaba más claro que a mi padre lo había matado la mentira. Me fajé el cuchillo, tomé el guango y me fui bordeando el pueblo hasta el jacal de Juan, su perra me conocía, le decían la Gaviota, a veces jugaba con ella, así que cuando la llamé corrió hasta donde estaba, primero brincó de un lado para otro, después se fue apaciguando y me empezó a lamer la mano, la tomé del hocico y le pasé el cuchillo por el pescuezo, la pobre no sabía lo que pasaba, empezó a patalear como para alcanzar la vida que se le iba, le puse la rodilla en las costillas para que no saliera aullando, se fue quedando quieta, me miró con ojos asustados, en ese momento no sentí lástima, el coraje me seguía creciendo mientras el dolor de las cortadas se iba haciendo quedito. Me quedé esperando hasta que la noche amarrara y adentro todo se quedara quieto. La puerta de jacal que daba al solar estaba emparejada, entré con cuidado, afuera la noche era negra, enfrente de mí, del otro lado del cuarto, como a diez pasos, había una cama y por el tamaño del bulto supe que ahí estaba dormido Juan. A mi izquierda, en el suelo, sobre un petate estaba su mujer con sus dos hijos, todo era silencio, yo respiraba muy rápido, de repente pensé que mis resuellos los podían despertar, en una mano traía el cuchillo y en la otra el guango. Caminé muy despacio para cruzar el cuarto, sentí como si hubieran pasado horas, cuando por fin llegué hasta la cama, Juan seguía respirando como si nada, dormía sin el remordimiento de la vida de mi padre, el coraje se me agolpó en la cabeza, de un salto caí sobre él y le puse el cuchillo en la garganta. "Ahora vas a ver maldito mentiroso, por tu culpa mataron a mi padre, y a mí mira cómo me dejaron". Juan no sabía qué pasaba, en su sorpresa hizo por levantarse, pero mis rodillas estaban sobre sus brazos, debió de pensar que estaba en un mal sueño. "Si te mueves te corto la garganta, Judas", le dije despacito, yo sentía su miedo pasar por el filo de mi cuchillo, no podía ver sus ojos pero olía su susto. "Mira, muchacho, era él o el pueblo. Sólo quedaban ustedes dos y era visto que a ti también te iban a matar, él se sacrificó por el pueblo y por la causa de Dios, por eso no se defendió". De repente, Juan trató de levantarse para quitarme de encima, yo nomás empujé el cuchillo hasta el fondo como si fuera un becerro, cuando la punta rompió el pellejo, sentí cómo le trozaba la garganta, su sangre pegajosa me llenó las manos, un chorro caliente me bañó la cara, ya no pude ver. Ante la muerte, cobró fuerzas y me aventó, caí aturdido al suelo, mientras tanto él trataba de agarrar resuello y, con los ojos muy abiertos, corría desesperado por el cuarto aventando chorros de sangre por todos lados y trope- zando contra todo como gallina despescuezada. Los chiquillos empezaron a chillar, más por el alboroto que por saber que su padre andaba regando la vida por el jacal, cuando su mujer se dio cuenta de lo que ocurría tomó un cuchillo que estaba sobre el fogón y se me vino encima, me atinó en un brazo, entonces ya de cerquitas le hundí mi cuchillo en la panza, sentí cómo le tronaba el cuero mientras se lo removía en las entrañas, sus ojos se me quedaron mirando como queriendo robarme el alma, pero a esas alturas yo ya no tenía alma, ese día me quedé vacio, con decirte que creo que me dio más re- mordimiento mirar los ojos de la Gaviota que las muer- tes de Juan y su mujer, él se la debía a mi padre y en cuanto a su mujer sólo me defendí. Juan quedó tirado a la salida del jacal, tenía los brazos abiertos como para abrazar la noche, los chiquillos lloraban con todos sus pulmones, yo moví el cuerpo de Juan para asegurarme de que había pagado. Esa noche salí del pueblo, al otro día encontré a doña Paz, la divisé en el fondo de una hondonada, al principio ni sabía que era ella, me fui acercando con cuidado hasta que pude distinguir que era un difunto, los animales del monte ya le habían comido algunos dedos, afortunadamente para ella había quedado con la cara pegada a la breña, la volteé y vi sus ojos llenos de espanto, la bala le había entrado por la mera frente, corté con el cuchillo parte de su vestido y le envolví bien la cabeza para que no se la comieran los tlacuaches, los zopilotes ya rondaban en lo alto, pensé que esa sería una buena señal para que los del pueblo la encontraran. Un tiempo anduve rondando por el pueblo, siempre que alguno me veía me sacaba la vuelta, supe que decían que mi alma la había masticado el demonio, pero que, como era tan amarga, la había escupido. Luego me fui para Cocula y llegué a la hora de la merita tracatera, así es como estoy en esta sanfrancia; la verdad, no creo que los curitas sean tan inocentes como dicen, para mí que ellos también le buscan ruidito al chicharrón, después se hacen de los que no saben nada. Los agraristas son unos pobres muertos de hambre, como nosotros, andan tras lo que se hallan; roban aquí, roban allá. Los militares esos sí tienen mala entraña de profesión, los jefes más, gozan con hacer sufrir a la gente y no les importa nada. A mí me quedó muy claro este asunto, es como un choque de dos piedras, o estás de un lado o del otro, si te quedas en medio, los que lleguen, del lado que sea, te joden. Yo me vine de este lado para encontrarme de frente al capitancito Mendoza, con sus dientes parejitos y su mirada de víbora, sé que tarde o temprano me lo voy a topar, ese día ya sabes, ese cabrón es mío, gracias a él el diablo me masticó el alma.

## El tren de Colima

Al amanecer reanudamos la marcha, bajamos por la barranca, caminábamos en silencio, antes de llegar, en el cañón de los Zopilotes, nos topamos con la guardia que nos marcó el quién vive, después de identificarnos nos dieron el paso y mandaron a un propio para que nos guiara; cerca de las Piedrotas aún existe una cueva que en ese tiempo hacía las veces de escondite para el grupo de los Meza. Quien comandaba esa partida era Saturnino Meza, un hombre bajito, muy moreno y de ojos grandes que parecían inofensivos, andaban con él sus dos hermanos, yo los conocía bien, ellos eran del pueblo, anduvieron alzados con Pedro Zamora, también conocieron a mi padre.

Su grupo era como de veinte hombres, todos a caballo y bien armados, Manuel se apalabró con Saturnino y se puso bajo sus órdenes, llegaron al acuerdo de que el Capulín seguiría al mando de nuestra partida y que trabajaríamos juntos, nos organizamos en tres grupos, uno al mando de Saturnino, el de nosotros y el otro bajo las órdenes de su hermano Jacinto.

Jacinto era buen conocedor del manejo de la dinamita, había trabajado con ella en las minas de San Luis Potosí, él y su grupo se encargarían de preparar los truenos, nosotros aseguraríamos el terreno para que no hubiera sorpresas con los guachos, debíamos trabajar de prisa y sin mucho escándalo, había informes de que una partida de sardos andaba por Techaluta, eran como veinticinco, según lo dicho por Filiberto, que siguió apoyando a la resistencia; nosotros éramos treinta y dos. Saturnino había calculado que desde el tronido hasta la huida no podíamos hacer más de media hora, corríamos el riesgo de que se nos vinieran los sardos de Techaluta y nos cortaran la retirada para el monte, se podía pensar que estábamos parejos y contábamos con la ventaja de elegir el terreno, pero si eso pasaba, dábamos tiempo al destacamento acantonado en Sayula a llegar a reforzarlos y ahí sí la cosa se pondría fea, no nos quedaría otra que salir en retirada, casi a descubierto, rumbo a la laguna seca, a plena luz, sin dónde esconderse.

Sabíamos que el tren traía un envío de diez mil pesos y una escolta chica, teníamos que atacarlo ahí, en la curva antes de llegar a Sayula, en ese tramo el tren agarraba velocidad y aunque los conductores se dieran cuenta no podrían detenerse, las líneas del telégrafo las trozaría la gente de Saturnino desde dos lados, antes y después de la curva, para evitar que alguno se subiera a un poste a conectarse y pidiera auxilio. El tren a Colima pasa entre la una y dos de la tarde. Nosotros llegamos al lugar como a las doce, lo calculé por el sol; en ese tiempo los templos estaban cerrados y no llamaban a misa, el darme cuenta de aquello me hizo recordar la causa por la que peleábamos, eso me dio más valor, Manuel ordenó que nos desplegáramos para formar un cerco entre el camino real y las vías, por si se acercaba algún curioso, pero era domingo y a esas horas no se veía ningún cristiano en la labor, Jacinto arregló sus tamalitos en la mera curva, para que con la explosión la máquina volara y los carros perdieran el rumbo y se voltearan, eso nos daba la ventaja con la escolta de guachos.

Ahora todo era esperar. Pasadas las dos, a lo lejos, se oyó el silbido de la máquina bajando al plan, nosotros fuimos estrechando el cerco, desde mi posición podía ver cómo aquel punto negro se venía acercando, se hacía más grande y tomaba forma, desde ahí divisaba a Jacinto con su mirada clavada en un punto de las vías, sus dos manos en el detonador, la respiración se me cortó, el traqueteo del tren lo llenaba todo. Antes de entrar a la curva la máquina abrió de nuevo el silbato, de pronto, una explosión sacudió la tierra, la locomotora salió volando y en su carrera arrastró los vagones, que daban tumbos como ciegos espantados entre la polvareda y el lamento del hierro que se retorcía. En ese momento me sentí liberado, pensé que con aquella acción el cielo perdonaba todas mis faltas y mis agravios, era como ver en aquella locomotora vencida, en medio de los vagones heridos envueltos en llamas, a la bestia gobiernista agonizando entre resoplidos; ya nada nos impediría la entrada a la Gloria.

Jacinto brincaba de gusto, lo veía mover su sombrero de un lado para otro, entre el ruido no alcancé a escuchar lo que decía. Al grito de "viva Cristo Rey y viva la Virgen Santísima de Guadalupe", nos lanzamos sobre aquellos fierros retorcidos. Las balas comenzaron a zumbar por todos lados, el humo salía de algunos vagones, se escuchaban lamentos de gente pidiendo ayuda, nosotros nos esforzábamos por llegar al carro del correo, ahí la tracatera era más nutrida, con poco esfuerzo lo tomamos, fue cosa de despacharnos a los tres sarditos que resistían adentro, la verdad es que no hicieron mucha fuerza, otros tres venían de guardia en el techo del vagón, esos quedaron despanzurrados en la voladura, a otros dos los encontramos en el carro de segunda, escondidos entre la gente, a esos sin más los despachó Saturnino, después comenzamos a reunir a los civiles, muchos estaban aún tratando de sacar a sus heridos de entre los fierros, nos miraban con miedo y rencor, entre aquella gente había mujeres, viejos y niños que no tenían cuadro en aquella sanfrancia, muchos murieron en el descarrilamiento, otros no tardarían en hacerlo, aun así los esculcamos y requisamos sus valores, a muchos de ellos ya no les servirían.

Por la noche, en la cueva, me sentía más culpable que antes, aquellos nuevos muertos no podrían ser la salvación de nadie. Más tarde llegó el señor cura Gabino para avisarnos de que una partida de federales andaba tras de nosotros, por lo pronto se habían quedado en Amacueca a esperar refuerzos, pues creían que éramos un grupo más grande. El señor cura nos dirigió el rosario; al terminar, me acerqué para confesarme, de pronto no me reconoció.

—Soy Mario —le dije.

Don Gabino se me quedó mirando como si no estuviera seguro, de pronto dijo:

—Mira nomás cómo has crecido en casi un año, ya eres un hombre hecho y derecho. —También se acercaron Lupe y Candelario—. A ustedes sí los había visto —dijo señalándolos a ellos—, se han dado sus escapadas por el pueblo, pero a ti no, desde que te fuiste al monte no has regresado, muchacho.

—No tengo a qué regresar, en el pueblo sólo quedan mis muertos y esos se recuerdan igual en cualquier parte.

—No digas eso, Mario, aquel es tu pueblo y la gente de bien está agradecida con ustedes por defender la causa de Dios Padre y de la Virgen Santísima, siempre rezamos por ustedes, porque Dios los ilumine y los regrese con bien y si no es así para que les haga un lugarcito allá con él en la gloria del martirio.

—¿Entonces, señor cura, me puede confesar?

—¿Has robado? —No supe qué decir, sólo miré a los bultos que habíamos hecho después del asalto al tren, él comprendió—. No, Mario, en estos tiempos a eso no se le puede llamar robo, esos son bienes que la causa necesita, cuando triunfemos y tengamos un gobierno temeroso y obediente de Dios, la gente agradecerá haber contribuido, aunque hoy no lo vean así; ahora pienso que también estás preocupado por los muertos, mira, hijo, nadie muere si Dios antes no lo quiere, nosotros no somos nadie para tratar de conocer sus designios, a veces sus caminos son incomprensibles para nosotros los mortales, pero debemos aceptarlos con fortaleza, es lamentable que tenga que morir gente pero ustedes son sólo un instrumento en las manos del Altísimo.

Entendía sus explicaciones y en algo me tranquilizaban, pero muy adentro la conciencia me seguía y aún me sigue dando reparos.

—¿Has obedecido a tus superiores? ¿De lo decomisado tú no te has quedado con nada? ¿Tampoco has matado a nadie por gusto propio ni para cumplir una venganza? —A todo aquello contesté que no—. Entonces yo te absuelvo —dijo mientras me daba la bendición, me dejó rezar tres rosarios por el descanso del alma de los muertos y salió perdiéndose entre la oscuridad.

# Los mártires

Después del asalto al tren de Colima, cuando se fue el cura, preparamos la salida, agarramos por el cañón de los Zopilotes para tratar de alcanzar el monte, cuando empezó a clarear Saturnino divisó cómo los guachos y los agraristas se concentraban cerca de donde habíamos pasado parte de la noche, tenían intenciones de rodearnos, si no hubiera sido por el señor cura, ahí nos agarran y sin forma de salir; bajaban de San Francisco, del Durazno, otros venían del lado de Techaluta y de Amacueca, en donde habían recibido los refuerzos de Sayula, eran un tantal de gente, decidimos esperarlos en el desfiladero de las Ánimas, nos desplegamos por los dos lados de la barranca, cuidando que no nos fueran a agarrar el flanco, Félix, otro de los hermanos de Saturnino, bajó con un grupo de hombres con la caballada; el plan era hacer un rastro para que lo siguieran las federales, aquello dio resultado. Se encaminaron directo a la trampa. Como siempre, mandaban por delante a los agraristas, a esos los dejamos pasar, los cascos de sus caballos hacían retumbar la tierra, parecía que el aguadal bajara de nuevo de los montes. Cuando entraron los guachos cerramos el cerco y empezamos a tupirles, el agarrón comenzó como a las diez de la mañana, a las doce les llegaron refuerzos del ejército; al ver la trampa, trataron de rodearnos, pero Félix con su gente les cortó el paso. Como a eso de las cuatro de la tarde estábamos a punto de retirarnos, el parque se nos estaba acabando, pero el Capulín insistió en que ahorráramos el parque sólo tirando al bulto, en eso estábamos cuando los sardos empezaron la retirada, si hubieran aguantado un poco más, ellos habrían ganado. Ese día se dejó gran mortandad en el campo. Abajo, en el fondo del cañón, la tierra, de por sí roja, se puso casi negra y pegajosa de tanta sangre, ahí entregaron su alma al diablo como diez sardos y quince agraristas, también ahí quedó Félix y seis de su grupo, cuando lo encontramos tenía una mancha roja, parecía una amapola reventada en medio del pecho. La bala atinó en el centro de la imagen del Sagrado Corazón que traía para su defensa, al Mocho le dieron un rozón en la pierna. Ya oscureciendo enterramos nuestros muertos y recogimos las armas y el parque de los federales difuntos.

Remontamos la sierra con la noche encima. Casi por clarear, llegamos a la cueva de la Lagartija, desde ahí podíamos dominar las subidas al monte, mandamos un mensajero al campamento de la Mora, para recibir las instrucciones para la entrega de los haberes levantados en el ataque al tren, la herida de Chema no era la gran cosa, le puse una plasta de lodo y musgo para que cerrara pronto. Ahí descansamos dos días.

Manuel seguía inquieto, caminaba de un lado para otro como queriendo aplacar su conciencia, yo lo miraba, a mí también me costaba trabajo aplacar mis culpas, pero ya me había confesado; por la tarde el Mocho me atajó al salir de la cueva.

—Oye, Mario, he pensado que en cualquier rato nos pueden mandar para el otro lado. —De pronto no entendí su dicho.

—¿Qué es eso de mandarnos para el otro lado, con los federales?

—No, maje, al otro lado, al otro mundo, dejarnos fríos. ¿Entiendes?

—Pues eso está claro, Chema, en esto andamos, mira a Félix y su gente, amanecieron y no anochecieron, se fajaron como los hombres, pero ya están dando cuentas allá arriba.

—Sí, mírame a mí, sólo fue un rozón pero quién te asegura que no hubiera sido uno de los muertos... O tú.

—Así es, pero como dijo el cura: son los designios de Dios. Lo único que nos queda es andar preparados, lo menos cargados de pecados.

Chema se quedó pensativo y prendió un cigarro que había estado forjando. Ya no dijo nada, cojeando se metió a la cueva. Más tarde tapamos la entrada con ramas, para que la luz que aún quedaba en la fogata no nos delatara. Una vez que se dieron las disposiciones, Saturnino se metió hasta el fondo; Jacinto y él pasaron buena parte de la tarde platicando en voz baja, acababan de perder a un hermano.

Por la noche rezamos dos rosarios, uno por nosotros y otro por el descanso de nuestros muertos. En aquel lugar estábamos apretados, oliendo los sudores del miedo entre el humo de nuestros recuerdos.

Al terminar los rezos, la gente de Jacinto circuló una fotografía, al verla algunos se persignaban, otros cerraban los ojos y la pasaban al compañero, con curiosidad me acerqué a ellos, nadie decía nada, cuando la tuve en mis manos, la miré con cuidado, eran dos cuerpos tempranamente muertos, tendidos en el suelo sobre un petate, vestidos con sotana blanca, sólo descubiertas las manos y la cara. Por lo quemado, más parecían hechas de carbón que de piel. Al lado de los cuerpos, sentados entre el breñal, se distinguían dos hombres que miraban aquellos difuntos desde su tristeza, con ojos llenos de soledad. No dije nada. También me persigné; le pasé la foto a Chema, que estaba a un lado, él al verla cerró los ojos.

—Son Dionisio y Antonio —dijo Jacinto—, mártires de la causa. Murieron mientras fabricaban bombas de mano, allá en la mesa de la Yerbabuena, por el rumbo de Colima. También murieron tres mujeres que trabajaban con ellos: Angelita, Sara y Faustina; todos ganaron la palma del martirio, pero sólo tenemos fotos de ellos dos. Hasta hoy eran nuestros guardianes, por eso de que nosotros también trabajamos con explosivos, pero quédate con ella, ahora nosotros tenemos nuestros guardianes, qué mejor que mi hermano y sus hombres para cuidarnos desde arriba.

Chema miró la foto y la guardó entre sus cosas. Ya de noche, mientras otros hacían guardia, nosotros tratábamos de agarrar el sueño.

—Mario, ¿ya te dormiste?

—No, Chema, creo que a mi sueño lo espantaron mis recuerdos.

—Oye, Mario, si no salgo vivo de esta y tú sí, jura que me harás justicia con ese capitancito Mendoza.

—No pienses ahora en eso, Mocho, vamos a salir, y si fuera lo que tú dices, cómo te lo voy a jurar si ni siquiera conozco a ese tal Mendoza.

—Yo te digo cómo, pero jura que me harás justicia, ¿lo juras?

—Está bien, te lo prometo.

—No, Mario, se prometen cosas de la tierra, mi madre me enseñó que los juramentos son ante lo sagrado, cuando uno jura enreda el alma, por eso no quiero que lo prometas…, quiero que me lo jures.

No sé por qué, pero lo hice. Se lo juré por el recuerdo de mi madre y ante la foto de los mártires Dionisio y Antonio. Años más tarde me arrepentiría de aquello, pero ya estaba hecho. Él me platicó que el tal Mendoza tenía un lunar negro, del tamaño de una pezuña de mula, en la mano derecha. Después de decir eso se quedó callado.

Yo ya no pude agarrar el sueño. En la fogata sólo quedaban rescoldos para espantar el frío. Sentí mi vida detenida en el corazón de aquella noche, no lloré, pero mis ojos estaban húmedos.

# *Eulalia*

El doctor Romero me siguió visitando una vez por día, siempre acompañado por Carolina. Poco a poco, el ataque por sorpresa al campamento, mis compañeros muertos, la culpa y el miedo regresaron.

Antes de salir de la enfermería, Carolina se acercó. Traía mis escapularios en una bolsita de papel de estraza.

—Ya está mejor. Dice el doctor que a lo mejor mañana lo pasan con los otros; aquí le traigo esto. —Dejó la bolsa sobre las sábanas. Yo extendí la mano para tocarla, sus manos eran largas y suaves, sus dedos delgados—. Dice mi padre que usted tuvo mucha suerte, los militares lo dieron por loco y, como no lo agarraron con armas, por eso lo mandaron para acá sin detenerlo en el cuartel Colorado. También dice el doctor Abel que su locura se pudo deber a alguna impresión muy fuerte y que por eso se recuperó pronto, pero que lo de la tifoidea fue por la falta de higiene y las cochinadas que debió de comer durante ese tiempo, así que, de hoy en adelante, a cuidarse.

Los modos de Carolina eran muy buenos, Prudencio platicaba que ella me cuidó con mucha atención. Trataba de bajarme la fiebre con paños húmedos y, cuando nadie la oía, rezaba quedito a un lado de mi cama.

El día que regresé al patio, cuando estaba haciendo cola para la repartición del rancho, se me acercó uno de los hombres de la liga:

—Loquito, te llama don José. —Al principio no supe si me hablaba a mí, era la primera vez que me llamaban así—. Sí, a ti te están hablando. ¿Tú eres al que bañamos para quitarnos la pestilencia de encima, no?

No supe qué contestar, sólo obedecí.

—Ándele, muchacho, aquí le mandaron —dijo don José, al tiempo que me ofrecía un taco de frijoles—. Siéntese que al cabo el suelo es muy grande.

Don José, el papá de Carolina, era un hombre de unos sesenta años, alto, grueso, muy blanco y de ojos azules, hablaba poco pero todos en el patio le tenían mucho respeto. Cuando había discusiones, siempre decía la última palabra y sus órdenes se cumplían. Antes de ser apresado, trabajaba como tenedor de libros en El París, una tienda de telas al mayoreo. Tenía fama de hombre honrado y piadoso, por eso sus patrones no lo desampararon y seguían pasando su sueldo a la familia. Carolina ayudaba en la enfermería a partir de que su padre fue detenido. Ella le llevaba la comida que su madre le preparaba a diario, pero el hombre la repartía entre los otros presos. Desde ese día yo también me convertí en su "abonado".

—Me dijeron que durante un tiempo tienes que cuidar lo que comes para que te recuperes de bien a bien; desde ahora mi mujer le va a poner más agua a los frijoles para que nos alcance la comida, ¿estás de acuerdo? —Sólo moví la cabeza de arriba abajo—. Bueno, a mí los guardias me vigilan mucho, algunos son de los nuestros y se hacen de la vista gorda, pero otros nomás están viendo cómo me hacen más problemas, entonces de hoy en adelante tú te vas a encargar de guardar el alcohol para la Eulalia.

No entendía a qué se refería. Al principio pensé que Eulalia era su mujer y a ella debíamos darle alcohol, pero después entendí que era quien traía la comida y debíamos pagarle con él, por hacer el mandado.

Cuando terminé mi taco me quedé mirándolos, eran seis hombres de ojos desconfiados, poco hablaban entre ellos, al principio también me miraban con algo de desconfianza, si por ellos hubiera sido yo habría seguido haciendo cola para el rancho.

—Ándele, muchacho, aquí no es fonda para que le sirvan, sírvase usted —dijo don José al tiempo que me acercaba una cazuela de peltre azul despostillada—. Allá en la otra están los frijoles, y ahí las tortillas, apúrese porque lo dejamos como al chinito, nomás *milando*.

Los otros soltaron la risa entre bocado y bocado. Cuando terminamos la comida uno recogió los trastes y salió rumbo al último patio para lavarlos, yo quise seguirlo pero don José me detuvo del brazo.

—Espere, muchacho. ¿Cómo se llama?

—Me llamo Mario… Mario Jacinto Mojica Aranda, soy de Amacueca. Andaba a las órdenes del capitán Manuel Moreno, allá en la sierra de Tapalpa, con el grupo Luis Ibarra de la División del Sur comandada por el general Degollado.

—¿Cómo cayó aquí?

—Una noche los pelones nos sorprendieron y acabaron con la partida, éramos doce, cuando menos acordamos ya los teníamos encima, sorprendieron a los guardias y no tuvimos tiempo de defendernos; sólo yo me salvé, quedé debajo de otro y creyeron que estaba muerto. Cuando se fueron pude levantarme, miré la destrucción; no hicieron prisioneros, se llevaron los caballos. Después no supe de mí hasta que aparecí en la enfermería.

—¿Cuánto llevabas en la defensa?

—Más del año.

—¿Y tu familia?

—No queda nadie que yo conozca.

—¿Te los mató la Revolución?

—No, señor, ellos se fueron antes de que esto empezara, un día de madrugada al pueblo lo sorprendió una crecida de agua, por los lugares por donde pasó el torrente hubo mucha mortandad, nuestro jacal quedó destruido, yo me salvé porque dormía en el tapanco y quedé encaramado en una viga, pero a mis padres y a mi hermano los mató el aguadal.

—Dios te protege, muchacho, ha de ser por algo…

—A veces no estoy tan seguro…

—Está bien, muchacho. ¿Cómo dijiste que te llamabas?

—Me llamo Mario… Mario Jacinto Mojica, para servir a usted…

—Yo me llamo José Díaz. —Y me tendió la mano—. ¿Sabes leer?

—Sí, don José.

—Llámame sólo José. ¿De acuerdo?

—Sí, don José.

—Anda, tienes que buscar un lugar seguro para guardar el alcohol, asegúrate de que sea un lugar que nadie sepa pero si lo encuentran no lo puedan relacionar contigo, y que no te castiguen.

—¿Ya encontraste en donde guardar el alcohol, loquito? —me preguntó Jacobo, el hombre con el que don José me había mandado llamar, le dije que aún no, él me recomendó que lo guardara entre las bugambilias que estaban en el último patio cerca de la letrinas—. Hasta ahí casi no se acercan los guardias, la pestilencia los mantiene alejados.

—Oye, ¿y a qué horas viene doña Eulalia? —le pregunté.

—¿Quién? —preguntó a punto de soltar la carcajada.

—Pues la señora doña Eulalia, a la que le tengo que entregar el bote de alcohol. —Entonces me miró con ojos entre preocupados y risueños.

—Ya te avisaremos el momento pero… ten cuidado, muchacho, la Eulalia en cuanto le das el alcohol, se pone bien caliente y no se anda con miramientos, si no te pones listo te agarra y no te suelta, aunque ya esté vieja; ¿por qué crees que te dieron esa encomienda? Eres el más jovencito y Eulalia, por la edad y el servicio que nos ha dado a todos, siempre se anda desarmando, la pobre, por eso cuando le pones el alcohol, hay que ponérselo con mucho cuidadito, para no hacerle daño, si no nos quedaríamos comiendo del rancho Dios sabe cuánto tiempo.

No salía de mi asombro, pensaba que ahí en la penitenciaría con tanta vigilancia no había un lugar oculto donde se pudieran hacer esas cosas.

—Oye, ¿y dices que esa Eulalia les ha dado servicio a todos? —pregunté.

—Muchas veces y muy bien, muchacho, cada que la necesitamos ahí está para servirnos.

—Esa Eulalia ¿también le da servicio a don José?

—Claro, muchacho, a él más que a todos.

Después de esconder el bote del alcohol, anduve toda la tarde dándole vuelo al asunto, el problema era que yo hasta entonces nunca había estado en esos trances con una mujer, traté de imaginarle su cara, me había dicho Jacobo que era vieja, la veía prieta, arrugada y desdentada, su boca era como un pozo apestoso a cebolla.

Esa noche, por primera vez, no soñé con mis muertos, la cara de la vieja Eulalia me perseguía por los patios con su cuerpo seco y como pergamino, por fin me alcanzó cerca de las letrinas, sus manos eran como garras, con fuerza me arrancó la ropa, con su lengua rasposa me lamía la cara y el pecho, a tirones me bajó el pantalón, miré cómo se levantaba sus enaguas para montarse sobre mí, gimiendo cerré los ojos. A pesar de su fealdad, sus movimientos violentos me excitaban, sudaba, de pronto apareció la cara de Carolina con su sonrisa limpia, desesperado traté de liberarme de Eulalia, pensé que la vieja la había llamado para que viera que también se servía de mí como pago por traernos la comida; entre la excitación y la vergüenza, con un movimiento lancé a la vieja desdentada lejos; fue cuando desperté. Mi líquido se había derramado entre las piernas, como pude traté de limpiarme en las cobijas, ya no pude dormir, una vez más había cometido pecados. Decía el señor cura: "Pecar de pensamiento, palabra, obra u omisión".

Antes del toque de diana ya estaba levantado, en cuanto pudimos salir de las celdas, busqué a don José, pero él se encontraba platicando con uno de los guardias.

Fui con Jacobo, que estaba al fondo del patio jugando un partido de damas con Javier, le decían el Toroto porque había sido trompeta de órdenes con la gente del padre Pérez, él también era uno de los abonados de don José. Los dos me miraron muy serios.

—Mira nomás qué cara traes, loquito, parece que te topaste con el chamuco —dijo el Toroto.

—No, no es eso, lo que pasa es que anoche no pude agarrar bien el sueño —les dije—. Oigan, ¿y a qué horas viene la tal Eulalia, para tenerle listo su alcoholito?

Los dos se miraron muy serios.

—Nosotros te avisamos con tiempo para que te prepares.

Yo estaba muy inquieto, me dirigí al último patio y me senté a esperar mirando de reojo hacia la bugambilia, donde tenía escondido el encargo. La angustia me rondaba por el cuerpo. Según había dicho Jacobo, era la prueba que teníamos que pasar todos los nuevos. Pensaba y pensaba: "¿Cómo es posible que don José, siendo tan católico y temeroso de Dios, esté enredado en un asunto tan puerco?". Y con su hija Carolina tan cerca. La verdad, no encontraba una razón para aquello; en esas estaba cuando llegó el Toroto y con una sonrisa burlona me dijo:

—Ya va siendo la hora, loquito, prepárate.

Entonces pensé que si esta gente era capaz de vender mi alma por unas comidas, no merecían estar defendiendo una causa sagrada. Allá en el monte te jugabas la vida por ella, pero aquí hacían comercio con tus intimidades y eso era depravación y no la defensa de ninguna causa. Me quedó claro que no podía seguir echándome más pecados encima, ellos no sabían las culpas que yo traía cargando y lo grave de mis haceres pasados; así que me armé de valor y me fui directo a buscar a don José, lo encontré en el primer patio platicando con el doctor Abel.

—Quiero hablar con usted, José —le dije muy claro y firme. Él me miró con cara de extrañado.

—¿Qué pasa, Mario, ocurrió algo?

—Sí —le dije resuelto—. Hágale como quiera pero yo no le quiero poner el alcohol a esa tal Eulalia, cuando mucho estoy dispuesto a seguir escondiéndolo pero yo no quiero tener nada que ver con sus cosas.

El doctor Abel y don José se miraron extrañados.

—Está bien, Mario, tráeme el bote, yo me encargo del asunto y en seguida hablamos.

Don José me miró inquieto, pero ya no dijo nada más. Al poco rato le llevé el bote con el alcohol y con mucha dignidad se lo entregué, él lo escondió entre sus ropas, yo sentí que con ese acto había salvado mi dignidad y parte de mi alma.

En esas estaba cuando se acercó Jacobo.

—Ya casi es la hora, prepárate. ¿Te lavaste bien… las manos, loquito? Creo que a Eulalia no le gusta que le pongan el alcohol con la manos… ni con aquello mugroso.

Molesto por sus insinuaciones, le contesté con fuerza:

—Yo no voy a hacer nada con esa pinche vieja cochina, ya le dije a tu jefe José que él se haga cargo de la tarea y él aceptó, así que a mí no me metan en sus chingaderas. ¿De acuerdo?

—¿Qué le dijiste a quién? —preguntó Jacobo sorprendido, a punto de soltar la carcajada—. Y… ¿qué te dijo?

—¿Pues qué le quedaba decirme? Nada. Sólo dijo que él se encargaría y le llevé el bote.

A la hora de la comida yo observaba desde lejos, dudaba en formarme en la cola para el rancho, no sabía cómo reaccionarían y si aún estaba invitado a comer con ellos. Cuando don José me vio me hizo la seña de que me acercara, tenían todo preparado. Entonces Jacobo dijo mirándome de reojo:

—Ahora sí ya llegó el loquito, traigan a doña Eulalia.

Yo me puse tenso, pensé que había caído en una trampa, miré para todos lados, en eso el Toroto sacó de un costal un tembloroso tripié, una cazuelilla y una especie de tapa con un agujero en el centro, todos me observaban menos don José, que no sabía lo que ocurría, él sacó el bote de alcohol y lo vació en la cazuelilla, la encendió y colocó la tapa, pusieron la cazuelilla bajo el tripié y sobre este una pequeña olla de peltre muy despostillada, una llama azul salía por el orificio de la tapa.

—Ahora sí, loquito, no toques a Eulalia porque está caliente. —Todos soltaron la carcajada, yo no sabía dónde esconder mi cara de pendejo—. ¡Ah qué muchacho! ¿De dónde eres para mandar traer un ciento? De verdad que eres o muy inocente o muy pendejo; te presento a *Eulalia* —dijo Jacobo al tiempo que señalaba la estufa alcoholera.

Don José nos miraba sin saber lo que ocurría, cuando el Toroto se lo platicó también se unió a las risas. Yo me dediqué a comer en silencio, con la vergüenza y la estupidez pintadas en la cara.

Nunca volví a soñar con doña Eulalia, pero sí con Carolina, aunque al principio la culpa y la vergüenza de mis humedades nocturnas me hicieran rehuir sus miradas.

# Doctor I

Don José hizo los arreglos para que yo ayudara en la limpieza de la enfermería.

—Mire, joven, no quiero triquiñuelas, en este lugar no hay ni santos ni demonios, aquí todos los enfermos son iguales, usted viene a trabajar, no a platicar, en cuanto termine el trabajo, se regresa para su patio, ya si lo necesito lo mandaré buscar con un guardia. ¿Estamos de acuerdo? —me dijo el médico mirándome sobre sus lentes—. Otra cosa, nada de pláticas con los enfermos, ni llevar y traer recados, esas son cosas muy serias y nosotros no nos metemos en ellas, a la primera que haga, lo acuso con los guardias para que lo manden a una celda de castigo; lo estoy admitiendo sólo por la recomendación de don José y por petición de Carolina, que es muy trabajadora.

Cuando miré a Carolina, se le subieron los colores a la cara y bajó la mirada, yo no supe qué decir, sólo di las gracias al doctor.

—Pregúntele a la jefa cuáles serán sus obligaciones, empieza mañana, aquí usted no tiene días de descanso.

La jefa era una mujer grande, casi redonda, sus pequeños ojos se perdían entre las arrugas y su doble papada escondía el cuello, parecía tener la cabeza pegada a los hombros, hasta pensé que si alguna vez alguien quisiera ahorcarla, no tendría de dónde, y que si lograran encontrarle lado, no habría árbol que la resistiera.

A las siete de la mañana tenía que llegar a vaciar los orinales en las letrinas, barrer, trapear, tirar la basura, acomodar la ropa mugrosa y llevarla a la lavandería, recoger ahí la limpia y entregársela a Carolina; ella siempre llegaba a las ocho de la mañana, muy risueña, con la comida que yo iba a dejarle a don José, su papá; el alcohol para la Eulalia lo sacábamos de la enfermería dos veces por semana, Carolina lo ponía en un bote pequeño y, cuando recogía la ropa para la lavandería, lo escondía entre las sabanas sucias y en el camino Jacobo me esperaba para llevárselo.

A las nueve llegaba el doctor Romero, los primeros días me miraba con desconfianza, pero al poco se fue calmando, no me dirigía la palabra, siempre que quería ordenarme algo se dirigía a Carolina o a la jefa. Muchas veces noté que me observaba de reojo.

Yo siempre traté de no acercarme mucho al doctor para no dar motivo de queja, esos días me conformaba con ver a Carolina y oler sus cabellos, a veces la jefa ponía el café en la parrilla de la enfermería, el olor me hacía recordar a Beatriz y sus risas, de momento sentía como si la traicionara, como si Carolina se estuviera apoderando de su cuerpo. Un día me di cuenta de que ya no recordaba bien a bien su cara, ahora era Carolina la que estaba tras el mostrador, la que me daba los dulces a escondidas, la que me despachaba el café, sabía que no era Beatriz pero aun así yo quería creer que sí era.

Carolina parecía una mujer frágil. En sus brazos descubiertos, las venas se dibujaban bajo la piel como los ríos azulados que corren entre las montañas de la sierra; cuello largo, parecía una potranca muy fina, ojos inteligentes y risueños; su vestido, siempre blanco que llegaba hasta los tobillos, sólo dejaba soñar las verdades de su cuerpo. Podía pasar horas observándola desde lejos. Parecía inocente, pero a pesar de su edad era una mujer decidida y firme, al poco tiempo me enteré de que formaba parte de la Brigada Juana de Arco, un grupo de mujeres que hacían trabajos de espionaje, compra de armas y recolección de fondos para la causa. La propia Carolina hacía de mensajera entre los dirigentes y su padre, ahora yo formaba parte de esa cadena; ella me entregaba los mensajes y yo, según fuera la urgencia, tenía que inventar alguna excusa para salir hasta nuestro patio y buscar a don José para entregarle el recado, a veces tenía que esperar a que don José escribiera una respuesta.

Pero lo más peligroso era cuando había que mandar algún recado de Virgilio a alguno de los patios de los "comunes" para contactar con otros detenidos, los guardias no dejaban de preguntar y de esculcarlo a uno. Virgilio era como se hacía llamar don José entre el grupo de juramentados, pocos sabíamos que los dos eran la misma persona, cada semana había que sacar un escrito con ese nombre para entregarlo a Daría, que era el nombre de Carolina en la Brigada. Según supe, esos papeles aparecían como artículos en un periódico llamado *Gladium*, que circulaba entre los católicos afectos a la causa.

Cuando había que llevar un recado a otro patio, don José me lo entregaba y yo no podía leerlo, él decía que si yo leía los mensajes todos corríamos más peligro, hasta Carolina. "Si supieras lo que dicen los recados, y te agarran y torturan, pensarán que sabes más de lo que dices, entonces si te golpean hasta que te mueras, en seguida vendrán por nosotros; para ellos, el que sepas que yo soy Virgilio sería suficiente para fusilarnos a los tres: a ti, a mí y a Carolina". Por eso, cuando don José me daba algún recado, yo muy disimulado me lo guardaba en los entresijos y como si nada me iba caminado a buscarles plática a otros, después de un rato me dirigía a hacer el "entrego", como le decíamos nosotros. Un día que había que hacer un entrego en el patio de los comunes, me agarraron y me llevaron hasta la alcaidía. Ahí me tuvieron toda la mañana. Al llegar a la reja que separaba los corredores, el guardia era desconocido. Cuando me di cuenta ya era tarde para echarme para atrás, le había pedido el paso, me miró con desconfianza, le dije que trabajaba en la enfermería y que traía un mandado para el otro patio. Él no se la tragó, me abrió la reja y ya del otro lado me lanzó de cara contra la pared, llamó a otro guardia y empezaron a pegarme con las culatas de sus rifles, me llevaban a la alcaidía para interrogarme, cuando sentí que las cosas se ponían peligrosas, hice como si trajera la comezón en la pelusera y en un descuido de los guardias agarré el recado y me lo eché a la boca y ahí me lo fui comiendo mientras ellos me empujaban por lo corredores. Yo me hacía el pensativo. Al llegar a la alcaidía, ya nomás me quedaban las lágrimas detenidas en los ojos por la atragantada, el pedazo más grande del recado se quedó un buen rato pegado en mi garganta, por más que trataba de juntar saliva para podérmelo pasar, tenía la boca seca. Me dejaron parado en un rincón con un guardia de vista. Pasó el tiempo y seguía luchando para tragar el pedazo de papel que todavía estaba atorado en la garganta. La gente entraba y salía sin mirarnos, parecía como si el guardia y yo hubiéramos caído en el olvido. Después de un rato llegó el doctor Romero, me miró de reojo y movió la cabeza de un lado para otro, cuando salió de la oficina del alcaide, su cara estaba roja, las venas del cuello parecían que le fueran a reventar, "ya aclaré todo", dijo dirigiéndose al guardia, "ven conmigo", yo salí tras él. Caminamos con paso muy rápido hasta la enfermería. Carolina y la jefa estaban esperando en la puerta. Carolina estaba muy pálida, la jefa me miró con cara de regaño, cruzamos la sala hasta su consultorio y cerró la puerta, ahora su cara estaba pálida como la de Carolina, pero por sus ojos se miraba el infierno, "mira, muchacho, no se qué andabas haciendo por allá", traté de decir algo pero no sabía qué. Aún sentía el papel atorado en la garganta, pero no fue necesario, él me atajó, "ni me importa, lo que sí me importa es que ustedes, fanáticos, me utilicen para hacer sus chingaderas, costó mucho trabajo que el gobernador permitiera que se instalara esta enfermería en la prisión y no se instaló sólo para darle servicio a ustedes con sus ideas extraviadas; estoy aquí para atender personas, sin importar lo que crean, o a qué Dios sirvan, ni lo que hayan hecho; aparte de ustedes, que tienen todas las comodidades pagadas a manera de soborno con el dinero que aportan los más pobres bajo la promesa de un paraíso que quién sabe si exista, en este lugar también están los más pobres entre los pobres, asesinos, ladrones de una medida de maíz, embaucadores de a centavo, vagos, locos, como llegaste tú aquí; todos se dicen inocentes y muchos lo son, esa gente que está allá en los patios comunes, como les llaman ustedes, ellos duermen apiñados en celdas y tapados con cartones y periódicos, ellos no pueden meter comida y aunque pudieran quién sabe y no tendrían, comen del rancho, pero del que les sobra a ustedes, a ellos les tocan los gorgojos y las tortillas acedas de otro día, ellos no son ni se sienten ni se creen almas limpias, defensoras de causas supremas, ni almas elegidas para el martirio; ustedes creen que ser buenos les da el derecho a robar, asesinar, engañar, violar y secuestrar; la única diferencia entre ellos y ustedes es el dinero, eso y que ellos luchan cada uno por una causa, por la propia, y ustedes luchan por una causa ajena, y no es la de Dios. ¿Has pensado que si Dios existiera y fuera tan poderoso, no necesitaría defensores? La causa ajena que ustedes defienden es la de los que han secuestrado su nombre, los incitan a luchar para proteger sus tierras, sus riquezas, sus privilegios y el derecho a ser ellos los únicos dueños de sus conciencias; ellos son los que deberían ser señalados como los comunes, no esos pobres diablos. Mi interés en mantener este lugar no es para darles servicio a ustedes, mi verdadero interés son los comunes, si no estoy aquí, ellos mueren de pobreza, ustedes no, por eso trato de mantenerme lejos de sus intrigas. No me interesan sus dioses ni las órdenes que les dé el Chamula, allá ustedes. Hoy tuve que mentir para salvar tu pellejo, aún no sé por qué lo hice, ni si fue lo correcto, pero ya está hecho, sólo eres un muchacho que no sabe nada; regresa a tu patio, mañana ya no vengas, buscaré otro ayudante". Estaba asustado, no sabía por qué. Me dieron ganas de llorar pero me detuve; al principio me sentía héroe, después culpable. Carolina y la jefa esperaban a unos pasos de la puerta, la jefa se hizo la disimulada y desvió la mirada como si estuviera ocupada preparando un rollo de gasas, Carolina me miró con rostro de preocupación, sus ojos trataban de interrogarme. Ella no sabía lo que había pasado en la alcaldía, pensé que nunca la había visto tan bella y ese pensamiento me calmó.

Salí con paso lento de la enfermería, aún estaba aturdido. Cuando llegué al patio, la noticia había corrido como epidemia, algunos me miraban de reojo como tratando de desviar la mirada, como si verme a los ojos los pudiera contagiar de mi culpa, Jacobo fue el primero en acercarse, preguntó si no había hablado, le dije que no, pero mi respuesta no lo dejó muy convencido, me miró con desconfianza, sólo me dijo que no me acercara a don José, que él me llamaría; al principio no entendí qué era lo que ocurría, ya en mi celda, sentado sobre mi jergón que olía a paja podrida, me puse a darle vueltas al asunto, aún faltaba tiempo para que dieran la orden de retiro. En eso llegó Prudencio, estaba más recuperado, le habían hecho sus muletas de dos troncones de mezquite, todavía no las dominaba muy bien. Se quedó parado, detenido en la reja de la entrada, le pregunté qué pasaba, él no dijo nada y entró dando saltos, se dejó caer a mi lado, me preguntó lo que había pasado, que si no había dado información, y yo le conté casi todo, menos el discurso del doctor. Él me contó del borrego que se había soltado en el patio, yo era un delator que habían metido para ganarme la confianza de la gente y ahora los había delatado a todos, de un momento a otro llegarían los militares para llevarse a la gente al cuartel Colorado, no podían entender cómo es que me había dejado salir sin un rasguño; les dije que podían preguntar a Carolina, ella había escuchado al médico. Prudencio me advirtió que lo peligroso era pasar esa noche, porque la gente estaba muy alborotada. Se ofreció a quedarse conmigo en la celda. Desde que le cortaron la pierna, los guardias le tenían algo de lástima y lo dejaban andar por el patio sin muchos remilgos.

Cuando dieron la llamada a retiro, los compañeros llegaron a la celda, sin mirarme desenrollaron sus jergones. Prudencio habló con ellos: "Esperen hasta mañana en el pase de lista, si el muchacho dijo algo, ahí lo sabremos y si fue así entonces podrán hacer lo que quieran con él".

Ninguno dijo nada, sólo movieron la cabeza y decidieron esperar hasta el otro día, cada uno por su cuenta inició su rosario en voz muy baja.

Compartí el jergón con Prudencio, yo quedé con la cara pegada a la pared. Cada que trataba de agarrar el sueño algún ruido me despertaba, el taconeo de los guardias haciendo su ronda, los ronquidos de Prudencio, al rato más taconeos, los silbatos de los guardias que parecían no dejarme en paz llenaron la noche.

Lo dicho por el doctor Abel comenzó a darme vueltas en la cabeza; era verdad que los comunes vivían como bestias, lo había platicado con don José y estuve de acuerdo cuando él dijo que vivían así porque eran gente degradada por el pecado y no sabían vivir de otra manera; hasta que lo comentó el doctor yo no sabía que había gente que pagaba para que nosotros estuviéramos mejor que ellos, tampoco sabía lo de las sobras del rancho, de nuevo sentí que el enojo del médico me quemaba las entrañas; dándole vueltas, en algo le di la razón y entonces empecé a entender por qué desde que colgamos a Macedonio y a sus hijos me sentía un asesino: yo también era como los comunes, un hombre degradado que se revolcaba entre el estiércol de los pecados… Yo sí era culpable y más que todos los comunes juntos, mi pecado había empezado con un sacrilegio en el camposanto el día que enterramos a Beatriz y mi castigo era morir en el aguadal y por mi culpa murieron mi madre, mi hermano y quién sabe cuántos más en el pueblo. Desde entonces había arrastrado a la muerte, llevándome a todos por delante, amontonando pecados y culpas; no podía dormir, al cerrar los ojos regresaban a mí los muertos por mis culpas. Afuera comenzó a llover, eran las primeras aguas de mayo.

Antes del amanecer, cuando apenas estaba conciliando el sueño, Prudencio se levantó del jergón, oí el murmullo de sus rezos cabalgando sobre la lluvia, comencé a quedarme dormido. No sé cuánto tiempo pasó cuando escuché el toque de diana, aún estaba oscuro, escuché el ruido metálico de las puertas abriéndose. Prudencio caminó trabajosamente apoyado en su muleta, teníamos que formarnos en el patio para la primera lista del día.

La lluvia que caía ligera y tupida terminó por despertarme. A esas horas sólo las caras de los que estaban a mi lado se distinguían, los demás eran sombras moviéndose de un lado a otro. "Aquí estoy, loquito, si cantaste...", reconocí la voz, era el Toroto, ese día estaba detrás de mí en la formación, había cambiado su lugar con Jacobo, no quise voltear, sentí un escalofrió en la nuca.

Como siempre, los guardias recorrieron las filas antes de la llegada del sargento. A momentos la lluvia arreciaba, el sargento no había llegado, el silencio iba creciendo, sentía que todas las miradas se clavaban en mí, estaba seguro de que yo no había hecho nada, pero... ¿y si el médico dijo algo? Él sabe de las cosas que aquí pasan, seguro que también el nombre secreto de

Carolina; por mi cabeza pasaron muchos pensamientos, sabía que al doctor no le simpatizaba nuestra causa y que era capaz de decir lo que supiera con tal de mantener abierta la enfermería. Volví a sentir que la garganta se me cerraba, era como si el recado tratara de salir de mi boca, las piernas me flaqueaban, la lluvia seguía cayendo. Un relámpago iluminó por un momento el patio. El trueno hizo vibrar la tierra; yo temblaba, los dientes me castañeaban, traté de resistir, el silencio regresó aún más pesado, uno de los guardias salió corriendo y se perdió en la oscuridad de la sombras. A lo lejos escuché que la reja se abría y se cerraba de nuevo.

El guardia regresó corriendo al centro del patio, como si la oscuridad lo hubiera vomitado, dijo algo al cabo de guardia, llamó a la mitad del escuadrón y salieron a paso veloz rumbo a la oscuridad. A lo lejos, sobre el sonido de la lluvia, se escuchaban las idas y venidas de la tropa. Nadie sabía lo que ocurría.

—Ahora sí, loquito, ya te cargo…

Sentí la mano del Toroto que me tomaba del brazo como si fuera una tenaza, algo afilado se apretó en mis costillares. En voz baja recé: "Júdica me, Deus, … de gente non sancta".

—Espera. —Era la voz de Prudencio—. No sabemos qué pasa. No adelantes vísperas.

—Pero si este cabrón habló, nos van a fusilar a todos.

—Si habló, de todos modos nos van a fusilar, si no y lo despachas, te van a fusilar a ti solo. Espera. Si habló, yo mismo lo despacho.

El Toroto me soltó del brazo y separó el filo de mis costillas. No recuerdo cuánto tiempo pasó. Las sombras se habían retirado, la lluvia se detuvo, seguía nublado, en la azotea que rodeaba el patio alcancé a distinguir las sombras de un piquete de soldados que tomaban posiciones alrededor con sus armas preparadas. Un guardia llegó de nuevo con el cabo de guardia. Comenzaron a pasar la lista, después dieron la orden de regresar a las celdas, yo seguía sin saber lo que ocurría.

Esta vez Prudencio no pudo acompañarme. Ya encerrados, los guardias comenzaron a revisar cada celda. Desde mi lugar, miraba cómo en el centro del patio, entre los charcos, se iban amontonando libros, ropa, periódicos viejos, guitarras y hasta sillas que quién sabe cómo llegarían hasta ahí.

Cuando tocó el esculque de nuestra celda sólo sacaron un devocionario y un rosario que alguno de los compañeros había olvidado entre su jergón. También se llevaron al centro del patio las estampas de las imágenes que habíamos clavado con tachuelas en las paredes, después de un rato a todo aquello le prendieron fuego. La humareda me recordó a la chamusquina de mi pueblo después del aguadal.

Pasada la revisión nos dejaron en paz, yo me quedé en la celda. Prudencio llegó hasta ahí.

—En la madrugada se escaparon tres del patio de los comunes, mataron a un guardia, ya agarraron a dos y ahora están campaneando del fresno que está en su patio.

Prudencio me miraba con su único ojo, no sabía lo que quería decir con eso

—Si vienes a cumplir lo que le dijiste al Toroto, te digo que no tuve nada que ver en eso —traté de explicarle.

Él se acercó dando saltos, arrastrando su palo de mezquite, me hice para atrás hasta quedar acorralado en un rincón de la celda, quería adivinar las intenciones en su cara, pensé lanzarme contra él y salir corriendo, pero el miedo me tenía engarrotado, no había escapatoria, ahora tendría que ir a pagar todos mis pecados, iba a morir por algo que no hice. La cara de Prudencio no mostraba sus intenciones. Miré su ojo bueno, luego su parche de cuero negro.

—Lo sé, loquito, lo sé, ellos también lo saben, pero en estas cosas hay que esperar a que pase la tormenta, por ahora es mejor que no te acerques a don José, uno no sabe lo que pueda pasar. —Por el miedo no pude entender lo que me estaba diciendo, se sentó en el jergón y dejó caer la muleta—. Cuando estábamos allá afuera, hubo ratos en que de veras dudé de que no hubieras hecho nada.

—¿Me habrías matado, Prudencio? —le pregunté.

Me miró con su único ojo, en seguida volteó su mirada hacia el techo.

—¿Tú qué crees?

—No sé, por eso te lo pregunto —le respondí.

—¿Tú qué crees…? En estos tiempos Dios está de por medio.

Afuera empezó de nuevo la lluvia, la luz del día se batía en retirada, el aguadal amenazaba con regresar.

# Doctor III

Pasaron algunos días, casi no salí de mi celda, sólo a la hora del rancho. Don José y los del grupo también se formaban; en el esculque les habían encontrado a la vieja Eulalia, nadie se me acercaba, todos trataban de estar a distancia, me miraban desde lejos, yo me sentía como leproso, sólo Prudencio me buscaba de vez en cuando.

Uno de esos días Prudencio me contó una historia de algo que le ocurrió allá por sus rumbos. Recuerdo que me dijo:

—¿Sabes, loquito? En estos días todo puede pasar. Dios está de por medio. Eso a veces es bueno y otras no tanto, eso lo aprendí el día que me volaron el ojo —dijo levantándose el parche—. Nosotros andábamos levantados desde el primerito día de enero del 27. Muy de mañana, el señor cura Elizondo dijo una misa, y habló de cómo Jesús había escogido a sus discípulos entre pescadores, y que así nos había elegido a nosotros, por ser campesinos y pescar los frutos de la tierra, ahí nos nombró "soldados de Cristo". También bendijo las armas, ese día casi puras escopetas y pistolas viejas, luego nos dio la bendición con el Santísimo, y al último dijo: "Estoy seguro de que ninguno de ustedes ha de morir en combate". Si me preguntas, no sabría decirte si él en verdad lo creía, es un buen padrecito y no quiero pensar que fuera su voluntad engañarnos, así empezamos el movimiento. Para el 14 de marzo ya teníamos más de dos meses de andar alzados, habíamos recorrido los alrededores para hacernos de buenas armas y de la caballada que nos faltaba, para entonces andábamos bien ajuareados, pero nada de batallas, uno que otro colgado o jacales quemados, por culpa de aquellos que se ponían rejegos en ayudar a la causa de los padrecitos. Ese día le avisaron a Victoriano que cerca de Cerritos habían divisado un contingente de pelones, eran como doscientos y parecía que se dirigían a San Julián, nosotros teníamos el campamento en la Cruz de Orozco, éramos como setenta, todos montados, cerca de ahí andaba también el general Miguel Hernández, que en aquellos tiempos era coronel, él traía como trescientos hombres, la mayoría a caballo, la gente andaba alborotada pues les entró pendiente, la mayoría era de San Julián y pensaron en sus familias, el pueblo quedaba a medio camino entre los sardos y nosotros, Victoriano mandó un propio a avisar a don Miguel de la situación, luego dio la orden de montar, antes de llegar al pueblo nos encontramos al padrecito, no sé si sería el miedo o las prisas, cuando lo divisamos venía a galope tendido, ahora sí que como alma que persigue el diablo. Nunca creí que el cura montara tan bien, nos avisó que los federales habían entrado al pueblo y tomado posiciones en el templo, la gente quería hacer una carga para echarlos fuera, pero Victoriano pidió dos voluntarios que se acercaran al pueblo, cuando lo dijo, se me quedó mirando, así que no tuve más remedio que voluntariarme, junto con la Tuza. Dejamos las armas, los caballos y agarramos una mula y dos machetes, así nos fuimos caminando haciéndonos los despistados. Entramos por el arroyo de las Canteras, llegamos al panteón, nos fuimos adentrando en el pueblo. No se veía ni un alma en la calle. En la plaza se divisaban las tropas, en eso estábamos cuando desde una de las azoteas nos atoró un centinela: "¿Quién vive?", dijo al tiempo que soltaba un tiro para llamar a otros, la sangre se me pegó a los talones, quién sabe de dónde salieron cuatro guachos que nos apuntaban con sus carabinas. "Me llamo Ramiro, vengo de Rincón de Chávez a buscar a mi tía Eloísa, traigo un recado muy urgente, su mamá se está muriendo en el rancho y si quiere verla viva es mejor que se venga con nosotros". La Tuza era famoso en los alrededores por ser bueno para tantear gente, los que lo conocíamos no le creíamos ni el *Bendito*. Habló con tanta seguridad que los pelones no supieron si era verdad, cuando le preguntaron las señas del lugar donde vivía, él contestó: "Aquí adelantito, antes de llegar a la plaza, damos la vuela y a espaldas del mercado, es una casa con un portón grande de madera, si su merced quiere pueden acompañarnos". Uno de los soldados nos esculcó y nos quitó los machetes. El cabo ordenó a otro que nos acompañara, pero no habíamos dado un paso cuando se arrepintió. "Tu amigo y la mula se quedan aquí hasta que regreses". Yo me espanté, la Tuza todavía se volteó y dijo: "Aquí me esperas, no me tardo, mi tía necesita la mula para el viaje". Se fueron andando él y el soldado, dieron la vuelta en la esquina y

al poco se oyó un balazo. La Tuza se les había escapado.
Yo me quedé en la estacada; a empujones me llevaron
hasta la plaza, ahí me amarraron a un árbol. Los pelones
habían puesto guardia en la torre de la iglesia y en las
azoteas alrededor de la plaza; estaban desplegados pero
calculé que no eran más de cien hombres y una ametralladora. Al poco llegó uno de los superiores y me llevaron a un cuarto en la presidencia municipal, ahí
empezaron a interrogarme, primero estaban mansitos;
querían que les dijera cuántos hombres traíamos, con
qué armamento y por dónde pensábamos atacar. Yo me
hice el desentendido, dije que no sabía nada y que me
había encontrado a la Tuza en el camino al pueblo, al
rato se encorajinaron y empezaron a tupirme; también
me amenazaron con fusilarme ahí mismo, el ordenanza
del capitán sacó su bayoneta y me dijo muy despacio:
"Mira, cabrón, te mandaron a espiarnos, pues fíjate bien,
si no quieres hablar, te voy a sacar los ojos para que no
andes de mirón y te cortaré la lengua para que no andes
de mitotero". El pelón me movía su bayoneta frente a
los ojos enseñándome la punta. Me di cuenta de que no
estaba echando tanteadas, veía que se estaba divirtiendo
con mi miedo. "¿Vas a hablar o qué?". Entonces yo le
dije: "Empieza por cortarme la lengua, que no voy a
decir nada", aunque lo dije más por el coraje que por
valentía. Afuera se empezaron a oír disparos. La metra-
lleta empezó a escupir, él dudaba en seguir con sus amenazas. Tomó la bayoneta y la enterró en mi ojo… Sentí
que me atravesaba la cabeza; el dolor me quemó la cara
y me recorrió por el espinazo, creo que grité con toda

la vida que me quedaba. Después no supe de mí hasta que desperté en el curato. Me tenían acostado, con la cabeza vendada, la sentía pesada y adolorida, la cara me ardía, aquello olía a pura chamusquina. La Tuza estaba ahí. "Bien, compa, les rompimos su madre". Yo no sabía de qué me estaba hablando. Traté de agarrarme el ojo y me detuvo la mano. "No, compa, déjese ahí, al rato se le pasa, le tuvieron que achicharrar la herida para que no se le fuera a podrir, y dele gracias a Diosito de que estamos defendiendo su causa y al Catorce que se quebró al pelón antes que te sacara el otro ojo, que si no lo dejan bien amolado". La Tuza me platicó la refriega. Victoriano y nuestra gente llegaron por la calle de Hidalgo, que da a la plaza, y empezaron a avanzar en abanico. Los sardos se fueron replegando hasta el jardín, cuando trataron de avanzar hasta la presidencia municipal les soltaron la ametralladora, pero Victoriano y la Tuza alcanzaron a llegar, primero se cargaron a los dos que estaban apostados en la entrada y a otro en el pasillo. Ya adentro fue cuando se encontraron al que me estaba destazando. Según la Tuza, él le tumbó la bayoneta de un disparo, lo del balazo hay que verlo con cuidado, ya te platiqué las tanteadas del cabrón; Victoriano le atinó en la mera cabeza al sardito. El combate estaba estancado, de vez en vez algún tiro y un "¡viva Cristo rey, hijos de la chingada!", otro tiro y del otro lado "¡viva el supremo gobierno, hijos de cura!", pero nadie se movía, el que sacaba la cabeza se moría, hicieron tiempo hasta que llegaron Miguel Hernández y el padre Vera con los refuerzos, entonces agarraron a los pelones a dos fuegos, al final los federales dejaron veintiséis muertos y agarramos a diecisiete prisioneros que dejaron en la iglesia porque estaban heridos. En esa acción nos hicimos de mucho parque, carabinas y una ametralladora, nosotros tuvimos cinco bajas, seis heridos y mi ojo. El agarrón duró cuatro horas. Anochecía, mi cara era un dolor abierto, sobre la quemada me habían untado un empaste de manteca para que cerrara pronto, con un paño me cubrí el agujero. Prudencio el Tuerto, oía que me llamaban adentro de mi cabeza. Victoriano, el Catorce, discutía con el padre Vera y el coronel Miguel Hernández lo que se debía hacer con los prisioneros, no se ponían de acuerdo, pero el padre Vera más práctico agarró el reparón, entró a donde estaba y me pidió que lo acompañara. El Catorce me miró y enojado movió la cabeza mientras decía: "Eso mismo nos van a hacer a nosotros cuando nos agarren". Caminamos por el pueblo, en la calle la tropa terminaba de espantar los miedos de la batalla, la gente del pueblo aún no salía de sus asombros, llegamos hasta el mesón. El padre Vera me miró de frente. "Mira cómo te dejaron estos demonios, y todo por defender la causa de nuestra Santa Madre, ahorita arreglaremos las cuentas"; adentro, cinco guardias cuidaban a los prisioneros, Vera llevó a uno de los pelones que podía caminar hasta el solar y de entre su ropa sacó una estola morada bien envuelta en un paño blanco, la besó y con mucho cuidado la fue desenredando, la puso en su cuello, miró al hombre que no le despegaba la vista y le dijo: "Vengo a salvarte, ¿quieres que te confiese, hijo? Aún te puedes arrepentir". El guacho aceptó, se puso de rodillas y con las manos amarradas en la espalda, empezó a contar sus pecados. Vera lo escuchó con los ojos cerrados, al terminar, le dio su bendición y cuando el sardo se quiso levantar, el padre le puso la mano sobre el hombro, él se quedó quieto como becerrito, entonces Vera sacó un cuchillo de monte y me lo entregó, me acerqué por la espalda del pelón, lo agarré de la frente y le corté la garganta, el padre se hizo a un lado para evitar que la sangre lo manchara. El guacho empezó a gorgorear y cayó como acalambrado, al poco se fue quedando quieto con la cara al cielo, miré sus ojos muy abiertos, llenos de muerte, entonces recordé que ellos me habían dejado tuerto y el dolor me regresó por el cuerpo. El padre Vera me puso su mano en el hombro, luego me dijo: "De seguro estará con Dios, fue afortunado, tuvo tiempo de arrepentirse de sus pecados y limpiar su alma antes de morir, pidamos al Señor para que a la hora que nos toque a nosotros, tengamos la misma oportunidad". Yo me quedé sin palabra, luego pude preguntar por qué mejor no lo fusilamos, entonces el padre Vera contestó: "Sé que esto parece inhumano, pero estamos empezando una guerra, guerra santa, pero al fin guerra, no podemos mantener prisioneros, ni desperdiciar el parque en ellos. Esta guerra es contra el mal y la tenemos que ganar, en estos tiempos podemos hacer muchas cosas, Dios está de por medio". Buena parte de la noche el padre Vera se la pasó confesando federales y yo mandando sus almas al cielo. Luego trajeron la carreta y echamos los cuerpos en ella, se los llevaron al panteón y les prendieron fuego, uno de los comisionados en la sanidad me platicó que, entre las llamas, algunos todavía se quejaban, yo le respondí: "Dios está de por medio", y seguí caminando. El olor a la carne chamuscada llenó al pueblo; durante días, las paredes, los árboles, la gente..., todo olía a muerte... A mí el olor me siguió por meses... No sé si sería porque la chamusquina la traía en el ojo...

Al tiempo las cosas se fueron calmando, un día don José me mandó un recado con el Toroto para que me acercara, cuando estuve frente a él lo único que dijo refiriéndose a aquel asunto fue:

—Qué susto nos sacaste, muchacho, pero qué bueno que ya todo se aclaró. —No dije nada, sólo me le quedé mirando—. Anda, vente a comer.

—Me habrá de perdonar pero no tengo hambre —contesté.

—Mira, ¿de cuándo para acá tan educadito? —dijo el Toroto tratando de hacer broma, me le quedé mirando con todo el coraje que pude juntar.

—Aquella vez estaba de espaldas y no podía defenderme, pero ahora estoy preparado y te puedo responder, estamos iguales... Tú dices.

El Toroto se quedó sorprendido, mientras le hablaba yo había sacado una astilla grande que había preparado como punta para poder defenderme si las cosas se ponían feas.

—Pos si quieres... —dijo dando dos pasos hacia atrás.

—Ya estuvo bueno —terció don José, al tiempo que se ponía entre los dos—. Mira, Mario, aunque no parezca, aquí también seguimos con la defensa, esto sigue siendo como el ejército, te acercamos porque el general Degollado dio muy buenas referencias tuyas; Javier sólo cumplía mis órdenes, debes entender que era por la seguridad del movimiento, no estábamos seguros y estarás de acuerdo conmigo en que ese día todo parecía indicar que algo extraño había ocurrido.

Don José tendría razón, pero desde aquel día yo no me volví a confiar del Toroto. Años después, cuando supe que lo habían matado, no debería decirlo, pero la verdad es que no sentí pena, aunque sí preocupación, porque todos estábamos en el mismo peligro. Después de los arreglos que terminaron con la parte fuerte del movimiento, el gobierno habló de dientes para afuera de un nuevo modus vivendi, pero la verdad era otra, nosotros lo conocíamos como el modus muriendi, pues muchos de los compañeros de aquel tiempo se fueron muriendo uno a uno, en formas extrañas: unos por balas, otros por cuchillo, pero todos se fueron acabando.

Al otro día, don José pasó a mi celda.

—Bueno muchacho, tú qué dices, ¿sigues con la resistencia o mejor te retiras? No necesito que me contestes ahora, pero piénsalo, decidas lo que decidas sé que eres un buen muchacho y un combatiente valiente —salió sin decir nada más.

Me asomé al patio y divisé a Prudencio sentado en uno de los corredores, fui hasta donde él estaba y me acomodé a su lado.

—Fue a verme don José, quiere saber si sigo en el movimiento.

—Aquí no es lugar para hablar de esas cosas, muchacho, si quieres que platiquemos, ayúdame a levantar y vamos a tu celda.

La celda estaba vacía, los otros andaban en sus cosas. Nos tiramos en el jergón, después de un silencio y de acomodar su muleta preguntó:

—¿Y qué te dijo?

Le platiqué a Prudencio lo que había pasado con el Toroto y la intervención de don José, también su visita a mi celda; Prudencio se quedó callado como si no me hubiera escuchado, de momento pensé que se había quedado dormido, pero luego me dijo:

—¿Y tú qué piensas, muchacho?

—No sé…, me metí a esto de la cristeriada para defender la religión y porque don Gabino, el padre de mi pueblo, dijo que defender a Dios y a María Santísima era una obligación de los cristianos y una forma de ganarme la gloria, ya después, adentro me fui dando cuenta de que para ganarse la gloria antes teníamos que vivir en un infierno, pero bueno… Creo que así son las guerras y peleamos por una causa sagrada, pienso que eso es allá afuera, donde estamos de igual a igual peleando contra los guachos y los agraristas. Te digo que en cuanto salga de aquí, estoy pronto a agarrar de nuevo las armas y aventarme para el monte a seguirle dando; pero ¿aquí?, no estoy tan seguro. No sé si esta sea en realidad una defensa de la causa. —Prudencio se me quedó mirando muy pensativo, se pasó la mano por la cara, sentí como si dudara en hablar del asunto, le pregunté de nuevo para obligarlo a hablar—. ¿Qué piensas? Tú sabes más de estas cosas.

Se recostó en el jergón y se hizo como si estuviera dormido, yo me quedé mirándolo, después de mucho rato yo ya había perdido la esperanza de tener alguna respuesta.

—Mario, las cosas son complicadas, no es nomás pelear y ya, ¿de dónde crees que salen las armas y las balas para mantener a los levantados? ¿De los puros préstamos forzosos o de las limosnas de los templos cerrados? No, hay mucha gente metida en esto y cada cual trae su propio interés, esto no es sólo cosa de religión, también tiene que ver con el poder. Mero arriba están los padrecitos, pero no los de los templos, esos son casi como nosotros; arriba están los meros gallones esos que andan cargados de joyas; entre ellos no todos piensan igual, algunos se hacen del rogar con el gobierno y otros no, unos hablan de paz y por debajo de la sotana atizan la lumbre de la guerra y otros al revés. Debajo de ellos están los que no son padrecitos, la mayoría catrines pero son vivos, unos de la capital que se llaman los de La Liga Nacional de la Defensa Religiosa, otros de aquí que dizque son de la Unión Popular, otros que si las Juanas de Arco y los más vivos de todos, los Juramentados de la U, esos casi ni se dejan ver, pocos saben quiénes son, hacen un juramento para que nadie sepa bien a bien de ellos. Luego de todos esos, vienen los Acejotaemeros, las damas católicas, esas que les dicen las langostas prietas y, casi hasta el último, los que andamos en la bola, todos se pelean entre ellos para tener el control del movimiento y por ver quién nos manda a que nos partamos la madre; para ver cuál nombra a los jefes militares. El parque y las armas que recibimos dependen de con quién anden los jefes, si estás con unos, los otros no te dan parque hasta que les hagas caso a ellos, así está de revuelta la cosa. Dicen que al principio los de la Unión Popular no querían la guerra, pensaban que con los puros boicots podían arreglar la cosa, pero los de la Liga de México esos sí que querían que hubiera tracatera, luego vinieron a hablar con el obispo y sólo ellos saben cómo se acomodaron, pero para pronto convencieron al profe Cleto de que le entrara y así la Unión de acá se puso a las órdenes de la Liga. Allá por mis rumbos, Victoriano de a ratos me platicaba cosas, cuando se ponían de acuerdo, para pronto que llegaba lo que necesitábamos para seguir la lucha, pero luego se desacomodaban poquito y ya andábamos sufriendo con media dotación de parque para cada uno, por eso Victoriano hacía sus guardaditos, si caían algunos pesos luego los andábamos enterrando para los tiempos desacomodados. Los únicos que acompañábamos a Victoriano a hacer esos guardaditos éramos Primitivo y yo, pero de bien a bien ni nosotros sabíamos dónde, pues de rato nos decía: "Bueno, aquí espérenme", y se adentraba en el monte con las mulas, al rato regresaba muy orondo con los animales descargados; nosotros le decíamos: "Victoriano, nos habrías de decir dónde están algunos de los entierritos por si algún día te nos adelantas"; pero él nomás se reía, no sé si a Primitivo le dio algunas señas, pero a mí nunca me dijo nada. Pero ya me fui por otro lado, creo que lo que don José quería saber es si estás dispuesto a seguir ahora en la otra lucha, en la de los catrines, que como ya viste es igual de peligrosa y a veces hasta más, pues en esa te tienes que cuidar hasta de los amigos.

—¿En esos de arriba está Carolina? —le dije sin pensar, iba a parecer que ahora andaba más interesado en las enaguas que en la defensa de la causa, miré la cara de Prudencio pero él hizo como si no se diera cuenta y contestó.

—Carolina creo que es de las de la Brigada, ellas también corren muchos peligros, andan moviendo el parque, llevándolo hasta los campamentos, también cuidando heridos en los campamentos, son de las mujeres que viste trajinando allá arriba, las que se quedan en la ciudad, esconden heridos, sirven de enlace con los otros de más arriba.

—Entonces, ¿tú crees que la guerra de los catrines también es importante en la defensa de la causa?

—Pues sí, creo que no puede haber una sin la otra, aunque estaríamos mejor si entre ellos se pusieran de acuerdo, quien quite y hasta ya hubiéramos ganado esta guerra.

Los dos nos quedamos callados, cada uno metido en sus pensamientos. Yo me imaginé a Carolina a caballo entre el monte, con los animales cargados de armas para la resistencia y yo siendo su guía, cuidándola de los peligros; en eso estábamos cuando como sin querer Prudencio comentó.

—¿Sabes que mandaron a otro doctorcito para que ayude al doctor Abel en la enfermería? Este es más joven.

El comentario me dejó frío, no podía imaginarme a Carolina a merced de ese nuevo doctor. Me levanté del jergón y sin pensarlo salí al patio a buscar a don José que estaba en medio de un grupo de presos tendidos en la sombra; no sé qué cara traería pero cuando llegué hasta donde él estaba todos se abrieron para dejarme el paso libre; cuando estuve de frente él seguía recostado.

—¿Qué pasa, muchacho?

De pronto no supe qué decirle, me sentí como un pendejo ahí parado en medio de la gente, de lo que quería hablar no podía tratarse en público, era algo reservado.

—Don José, quería decirle que sigo.

Me miró sin dar importancia a mi dicho y, como si no supiera de lo que le estaba hablando, dijo:

—Luego platicamos, muchacho, la vida no corre prisa.

Me quedé callado. Las miradas estaban clavadas en mí, de reojo vi cómo el Toroto le hacía una seña a otro de los presos moviendo el dedo alrededor de su oreja, indicando que estaba loco; me sentí humillado, metí las manos en las bolsas del pantalón, di media vuelta y con la cabeza agachada regresé a mi celda, a mis espaldas oí las risas del grupo. Yo seguí mi camino.

En la celda, Prudencio aún estaba recostado, parecía dormido, cuando sintió mi regreso soltó el aire como si estuviera hablando en el sueño o platicando con él mismo.

—De limpios y enamorados están llenos lo panteones. —Como si no lo hubiera escuchado, me senté a su lado—. Ya me imagino lo que hiciste, ahora entiendo por qué te dicen loquito.

No contesté, aún no lograba tragarme del todo mi pendejez.

Aquella noche me costó trabajo agarrar el sueño, cuando cerraba los ojos se me venían a la cabeza imágenes del doctorcito abrazando a Carolina, yo me veía mirándolos desde lejos, recogiendo la basura de la enfermería sin poder hacer nada, hasta que al tiempo, sin darme cuenta, comencé a soñar con Beatriz.

*\*\**

Las palabras de la mujer me dejaron aturdido. "¿Ángel? Soy Elena, no sé si me recuerdas. Te llamo por Mario, lo encontramos muerto esta mañana, dejó un recado, pidió que te avisáramos". Al principio no logré recordar quién era Elena, su voz no me sonó conocida. Mientras la escuchaba traté de entender a quién se refería; de pronto, como un relámpago, vino a mi memoria la imagen de aquella bolsa con las dos cajas de zapatos en su interior.

Mario había sido un compañero de la secundaria hacía mucho tiempo. Nos habíamos vuelto a encontrar en forma esporádica, la última vez fue hace dos años. Llegó a la casa donde siempre habían vivido mis padres y preguntó por mi teléfono, al otro día recibí su llamada. "Ángel, soy Mario. ¿Qué tienes pensado hacer hoy? Te invito un café, tengo que hablar contigo". De pronto, no reconocí su voz —debo confesar que soy un tipo sin memoria auditiva, siempre que levanto el teléfono me cuesta trabajo ubicar al que se encuentra al otro lado de la línea, al principio no me queda otra opción que la de contestar con monosílabos hasta que pasa la confusión y logro ubicar a mi interlocutor—. Por protección y mientras identificaba de quién podría tratarse, respondí para ganar tiempo: "No, hoy no puedo, quizás mañana".

No insistió y quedamos de vernos al otro día a las seis de la tarde en el café Azteca, por la avenida Chapultepec. Había hecho una cita y aún no tenía claro con quién, pero la voz me hablaba con familiaridad y parecía conocerme. En el transcurso de la tarde pude recordar de quién se trataba.

Mario de Jesús, amigo en tiempos escolares, cabello muy corto, siempre lleno de goma, lentes de armazón gruesa, vestido con ropas fuera de moda, un suéter azul oscuro que nunca se quitaba sin importar el clima o el juego de futbol, los pantalones parecían quedarle siempre cortos, como si usara los de algún hermano menor, pero era el único hijo varón. Siempre pensé que nos seguía más por no estar solo que por diversión, parecía vivir asustado o preocupado por nuestras correrías en el barrio a la salida de clases.

Tenía cuatro hermanas, todas mayores que él. Dos eran monjas de claustro, otra en aquellos tiempos ya era una solterona; a la más chica nunca la conocí, pero Mario me platicó que había decidido casarse y ante el enojo de su padre optó por huir de la casa, nunca supieron a dónde.

A nadie le interesaba ir a su casa, decíamos que parecía la casa de los Monster, una serie de de aquellos tiempos. La primera vez que me invitó, dudé en aceptar. Veces anteriores yo había usado el pretexto de la falta de permiso de mis padres. Sin saber por qué esa vez accedí.

Aquella casa se veía descuidada. La reja del jardín había perdido la batalla contra las raíces de árboles antiguos que crecían en desorden. La barda que soportaba la reja parecía cabalgar con dificultad sobre las protuberancias del suelo; una alfombra morada de flores de jacaranda tapizaba la banqueta, el moho brotaba de las paredes. La casa perdía su lucha silenciosa contra el tiempo. En medio de aquel panorama, un triciclo oxidado con la llanta delantera doblada y un soporte para columpios tirado entre las ramas rompían la armonía del caos. A mis once años, el chirrido del cancel al abrirse prometía aventuras.

La puerta de la entrada era de madera sólida. Un viejo león de bronce con las fauces abiertas me miró amenazante. Mario empujó la puerta, el interior de aquella casa no defraudó mi imaginación: había un corredor y en él dos puertas, una de cada lado; entreabierta la de la izquierda, dejaba ver la sala, los muebles cubiertos con sábanas blancas parecían seres amortajados; un gran candil empolvado colgaba del centro de la habitación. La puerta de la derecha estaba cerrada. Mario adivinó mi curiosidad y dijo: "Es el despacho de mi padre, nadie puede entrar ahí sin que él lo ordene, yo lo llamo el cuarto de la tortura". En ese momento imaginé un cuarto con grilletes clavados en las paredes, lleno de instrumentos de tortura: un potro, un sarcófago con clavos oxidados y no sé qué tantas cosas más. Muchos años después, en una exposición de instrumentos de tortura en la presidencia municipal de Tlaquepaque, por uno de esos juegos desconocidos de la mente, recordé el olor a viejo de la casa de Mario y la mirada apagada de su madre.

El corredor desembocaba en un pequeño patio y alrededor estaban las habitaciones. En el centro había una fuente sin agua; al fondo el comedor, donde una mesa larga ocupaba casi todo el espacio, y en la cabecera una reproducción barata de *La última cena* presidía el lugar.

La habitación de Mario era pequeña, con un techo muy alto. Creo recordar las paredes pintadas de un color verde pálido, descascaradas por el salitre. Tengo presente un pequeño cuadro en el que un ángel con grandes alas blancas cobijaba a un niño de mejillas sonrosadas, que al parecer cruzaba un puente. Cuando Mario observó que miraba aquel cuadro me dijo:

—Es el ángel de la guarda, todos tenemos uno. Mi madre dice que él siempre nos vigila para que Dios sepa si hacemos cosas malas.

—¿Y tú le crees? —dije en tono burlón. Mario agachó la mirada y no contestó.

En un rincón de la habitación tenía un altero de viejas revistas con las vidas de los santos, que Mario coleccionaba. Ahí entendí porqué siempre sacaba esas historias para tratar de convencernos de no hacer alguna fechoría: que si san Tarsicio, que si san Felipe de Jesús y la higuera que reverdece... Aunque sobra decir que con nosotros esa propaganda nunca daba resultado. Esa tarde nos entretuvimos revisando los álbumes de estampas que en esos tiempos estaban de moda. Mario sólo podía coleccionar los educativos, tenía prohibido los de luchadores o superhéroes. Nunca lograba completar ninguno, siempre estaba a la espera de que las cartitas difíciles salieran en su compra de estampas o que alguno de nosotros nos apiadásemos de él y se las regalásemos, pues tenía prohibido jugar volados; hacer una leva a algún incauto del colegio resultaba, por mucho, algo impensable para él.

A la hora de comer, Tita —la vieja sirvienta— avisó a Mario que pasáramos al comedor. Fuimos los primeros, después llegaron su hermana María Beatriz y su madre, las dos vestían de negro. Todos guardaban un extraño silencio, recuerdo que al llegar al comedor yo tomé asiento, pero, al observar que los demás se mantenían de pie a un lado de su silla mirando hacia el piso, me levanté y regresé la silla a su lugar. El último en llegar fue su padre. Se colocó en una de las cabeceras de la mesa e hizo una seña para que tomáramos asiento —aquella escena me hizo gracia, en casa la hora de la comida era una batalla campal para ver quién hablaba más fuerte—, me sentía fuera del lugar. Don Mario inició una larga oración para bendecir los alimentos. Al terminar, Tita comenzó a llevar a la mesa las fuentes, don Mario le sirvió a la señora Carolina, luego ella nos sirvió a nosotros empezando por María Beatriz, no recuerdo qué sirvieron pero sí que la comida fue un sacrificio. Al principio el silencio sólo era roto por los descuidados golpes de mi cuchara en el plato sopero, pero ante las miradas de desaprobación de la hermana, traté de comer haciendo el menor ruido posible.

A la hora del postre, al papá de Mario le sirvieron un café y una copa de licor, él sacó un puro que despuntó con movimientos lentos y lo encendió; el olor del tabaco invadió el lugar, después de una gran bocanada y un pequeño sorbo al café, dijo al tiempo que me miraba:

—Me dice Mario que tu apellido es De León, ¿de dónde es tu familia?

La pregunta me tomó por sorpresa, era algo que jamás me había interesado.

—No sé —dije para salir del apuro.

—¿Qué te llamaba José de León Toral?

—Tengo un tío que se llama José de León pero no creo que sea Toral, es hermano de mi papá y su segundo apellido es Aguilar.

—Entonces tu abuelo se llamaba Cecilio y era maestro carpintero —dijo con seguridad.

—Creo que sí, ¿usted lo conoció?

El hombre ya no contestó, sólo guardó silencio. Todos habíamos terminado, excepto don José que tomaba pequeños sorbos de su copa. Nadie se movió de la mesa hasta que él terminó y después de volver a dar gracias se retiró del comedor hacia su despacho.

El padre de Mario era un hombre de unos sesenta años, robusto, pelo cano, siempre que lo vi tenía una cara adusta y una mirada acusadora; vestía traje negro, usaba reloj con leontina de oro, no recuerdo si acostumbraba llevar sombrero. Todos en esa casa parecían sombras. A su madre Carolina y a su hermana mayor, María Beatriz, siempre las veía deambular por la casa en silencio con la mirada clavada en el piso. Al igual que todo en esa casa, despedían olor a épocas pasadas, pareciera que en ese lugar miraras la vida a través de un cristal opaco. Cuando Mario entraba a su casa, se transformaba, perdía sus colores y su mirada se tornaba triste.

Regresamos a su cuarto, durante un rato simulamos hacer la tarea escolar, después saqué de mi mochila un *Memín* que escondimos entre los libros. Antes de dar las seis de la tarde, doña Carolina nos anunció que ya casi era la hora de rezar el rosario, ese aviso fue la señal para preparar la retirada.

—Mi madre irá al doctor y dijo que tenía que estar en casa antes de la seis. Muchas gracias por todo, señora, me despide de su esposo —dije haciendo gala de todos mis buenos modales y salí de ahí a toda prisa.

Mario me acompañó hasta la reja y sólo preguntó:

—¿En tu casa no rezan el rosario?

—Sí, hasta dos veces al día, nos vemos mañana.

Y salí corriendo, creo que regresé a aquella casa tres o cuatro veces más pero siempre después de la comida o del rosario.

Al terminar la secundaria se fue al seminario. No volví a saber de él hasta años después a través de mi abuela, Mario se iba a ordenar y me había hecho llegar la invitación. Pero no fui.

Esa noche la pasé en blanco, sentado frente a la máquina de escribir, noche de zozobra entre la jactancia de quien se piensa escritor y el espanto por la incapacidad de serlo. Al otro día estaba seguro de que no iría a aquella cita, con dos divorcios a cuestas lo último que apetecía era un sermón de cura. Tenía semanas tratando de escribir un texto sobre una obra de Leo Perutz para *La Jornada*, un artículo que, aprovechando algunas amistades, había ofrecido al editor del suplemento. El tiempo se estaba agotando y no lograba avanzar en el texto. Una tras otra, las hojas se amontonaban fuera del cesto de basura, cada una acentuaba la evidencia del escritor que yo no era…, ni siquiera podía jactarme de ser buen basquetbolista; yo era tan solo un exbecario, un coleccionista de deudas. Mi beca del posgrado hacía seis meses que se había terminado. Me veía acercándome sin remedio a mi peor pesadilla: encerrado en un cuarto tratando de amansar a un grupo de preadolescentes como profesor de literatura en alguna secundaria privada, probablemente de monjas, desperdiciando mi trabajo por miserables doscientos pesos la hora.

Escribí: "La flor de romero acariciaba la rosa roja, mientras en el cementerio judío de Praga, a la luz de la luna llena, dos hombres observan aterrorizados la danza de los espíritus, las señales extrañas se multiplican; la maldición, por el pecado de Moab, se extiende entre los habitantes…". Luego mi vecina tuvo otro de sus ataques de amor y arremetió con Rigo Tovar a todo volumen. Comprendí que "La Sirenita" no era la mejor musa para un basquetbolista fracasado que quiere mantenerse de escritor. A las cinco con cuarenta me di por vencido. Un café gratis no me caería mal o, como dijo Enrique IV, París bien vale una misa. Además, uno nunca sabe, quizás mi excondiscípulo tendría alguna propuesta de trabajo que me ayudara a salir del hoyo. Con esa posibilidad en la bolsa crucé el barrio de Santa Teresita, por la calle de Ramos Millán. Muchas veces había hecho ese trayecto, pero aquel día reconstruí con nostalgia las aventuras de mi infancia, miraba cómo iba cambiando aquel barrio, las casas poco a poco dejaron de serlo para convertirse en expendios de bisutería. Frente al templo que da el nombre al barrio, antes estaba la bolería a la que mi padre me mandaba a lustrar sus zapatos cada domingo, había dejado su lugar a un local de juegos electrónicos, y el antiguo puesto de renta de historietas era ahora una paletería. Al llegar a la calle de Angulo, un olor a pan recién horneado despertó mi apetito. Eso me regresó a pensar en mi falta de empleo, estaba a una cuadra del colegio en el que Mario y yo habíamos estudiado la secundaria. Seguí caminando hasta la calle Reforma y, a fuerza de darle vueltas en la cabeza, la posibilidad de trabajo se iba haciendo más real. Él era cura salesiano, ellos administran colegios pero también tienen preparatorias. Pensé: "Profe de prepa privada, pero no de monjas". Hacía casi diez años que no lo veía. ¿Cómo lo reconocería? No había pensado en eso.

Cuando por fin llegué al café, recorrí con la mirada las mesas de la terraza. Fue fácil identificarlo, su apariencia casi no había cambiado. Traía el mismo tipo de lentes con armazón de plástico grueso, el mismo corte de pelo, era un poco más gordo, pero vestía la misma ropa desmodada: camisa de manga larga con los botones abrochados hasta el cuello y un chaleco azul marino. Me dirigí hasta él, cruzamos las miradas, se levantó del equipal al tiempo que preguntaba: "¿Ángel?". Contesté afirmativamente. "No has cambiado, un poco menos de pelo, pero estás igual". Con ese "un poco" comprendí que trataba de ser condescendiente, pues la verdad es que a mis veintinueve años estaba casi calvo. Su saludo fue tímido, como si tuviera prisa por retirar la mano, al verlo pensé que en verdad nunca cambiamos del todo; infancia es destino, decía Freud.

Platicó que su padre acababa de fallecer hacía apenas dos meses. Él había colgado la sotana y se había casado; en este punto, mi esperanza de trabajo se desvaneció, también la amenaza del sermón. Parecía que por dentro él seguía siendo el mismo chiquillo asustadizo y tímido de la secundaria. Me preguntó si seguía escribiendo. Debió notar mi sorpresa porque me comentó que había leído algunas de mis colaboraciones en el suplemento cultural de *El Informador* y que eso no le pareció extraño, ya que años antes mi abuela le comentó que yo había ganado un premio en un concurso de cuento en la universidad. Le dije que eso había sido en la preparatoria y que debido a ese infortunado hecho, me había empeñado en estudiar letras contra la voluntad de mi padre. Sí, aún escribía. No tenía caso enredarme en esas explicaciones del temor ante la hoja en blanco y de la angustia del escritor que no escribe porque se le agotaron las historias que nunca ha contado.

—Entonces creo que esto te puede interesar —dijo, mientras ponía sobre la mesa una bolsa de plástico—, son mi herencia. Cuando decidí dejar el sacerdocio hace cuatro años, mi padre no lo tomó muy bien, se sintió traicionado. A Elena, mi esposa, nunca la quiso recibir en su casa, a mí tampoco, siempre dijo que ella había sido un instrumento del demonio que había apartado a su familia de la salvación y que yo lo había traicionado. Pasó lo mismo que con mi hermana la que se casó, creo que algún día te lo conté. Lo recuerdo porque esas cosas no las platico con nadie; la verdad, aunque medio loco y descreído, siempre te consideré un buen amigo, de todos los compañeros eras el único que aceptaba ir a mi casa. ¿Lo recuerdas? Con los compañeros del seminario las cosas eran distintas: unos querían llegar a santos y otros eran cínicos, querían ser sacerdotes para comer y vivir bien y de estos casi todos lo han logrado. Regresando a mi padre, no se si tú aún lo recuerdes. Él era un hombre inflexible, de ideas radicales, pero honesto. Para él todo lo que no comprendía era una trampa del demonio para hacernos caer en el pecado. En su mundo no existían los matices; todo era negro o blanco, la única verdad eran las palabras que salían del cardenal y a veces ni ésas. Para mi padre sólo había habido dos hombres sabios y santos: Los monseñores Orozco y Jiménez y Garibi Rivera; ellos eran sus verdaderos guías. Después de que me ordené, muchas veces amparado en el escudo de la sotana, traté de hablar con él para que aceptara otras opiniones, pero en esos asuntos no había puntos medios, ya era un hombre grande. Cuando le informé que había solicitado el permiso para separarme de la congregación se molestó mucho. Al principio guardó silencio, luego preguntó si ya lo había pensado bien, a lo que contesté que era algo ya decidido. Sacó su reloj de la bolsa del chaleco, pareció consultarlo, me miró a los ojos con la cara enrojecida y dijo: "Espero que ya hayas pensado en dónde vas a vivir, aquí en mi casa no hay lugar para alguien que abandona a Cristo". Sin esperar respuesta, se retiró de su despacho, lo escuché salir de la casa. Fui con mi madre para darle la noticia, a ella le comenté también que me casaría, lloró en silencio; no hubo reproches, pero tampoco aliento. Me dio su bendición y me pidió que me fuera antes de que mi padre regresara. No volví a verlo con vida. Con mis ahorros renté un cuarto en una pensión, mientras Elena y yo terminábamos los preparativos para la boda. La familia de ella no estaba muy convencida del matrimonio, pero Elena es una mujer de decisiones firmes. Los hermanos salesianos me dieron oportunidad de seguir trabajando como maestro externo en la secundaria, ahora trabajo en una abarrotera propiedad de la familia de mi esposa. Nadie de mi familia me acompañó a la ceremonia. Mi madre quería hacerlo pero mi padre se opuso. Pasé dos años visitando a mi madre a escondidas cuando mi padre no estaba en casa. Luego, cuando él cayó en cama, mi madre pensó que era el momento oportuno para que me perdonara, pero cuando ella trató de abordar el tema, mi padre se enfureció y le dijo que yo para él llevaba muerto mucho tiempo. Durante ese año nos vimos cuando ella salía del templo. A la muerte de mi padre, las monjas permitieron a mis hermanas salir del convento para acompañar a mi madre. A Anita, la menor, no pudieron localizarla. Yo pude regresar a su casa, pero me sentía como un extraño, María Beatriz me culpaba en silencio por la muerte de mi padre, su trato era frío y lejano. Para las otras dos, Verónica y Carolina, era casi un extraño, yo tenía entre siete y nueve años cuando tomaron los hábitos. Al terminar el novenario regresaron a su convento, sólo quedamos María Beatriz, mi madre y yo. Mi hermana dejó muy en claro que el que mi padre hubiera fallecido no levantaba la prohibición de que Elena pisara la casa. Mi madre no la contrarió. Al poco tiempo, un día en que María Beatriz había salido de casa, mi madre trató de darme a escondidas de ella esta bolsa y el reloj de oro de mi padre. El reloj lo rechacé, pues además de que mi hermana podría notar su desaparición, yo no me sentí con derecho a conservarlo, sólo acepté esta bolsa. Son unos casetes grabados por mi padre, creo que durante el año en que estuvo en cama antes de morir, en ellos narra partes de su vida durante la revuelta cristera y algunos años después. Al terminar de escucharlos he podido entender algunas de sus acciones. Pensé que para ti, que te dedicas a escribir, te podrían ser de alguna utilidad, ya que de otro modo, en la familia terminarían en la basura, pues no habrá descendencia. Ana sigue desaparecida, y Elena y yo no podemos tener hijos. Escúchalos y si te son de utilidad para escribir una novela, úsalos, si no puedes tirarlos.

Yo aún estaba pensando cómo contestar. Sabía que a pesar de sus últimas palabras, aquella bolsa que me entregaba era muy importante para él y, en el fondo, quería que aquella historia se conociera. Yo no tenía el menor interés en cargar con aquella responsabilidad. Llevar al papel la historia de un hombre al que poco conocí y del que poco sabía era francamente desagradable. Por otro lado, me entregaba un montón de grabaciones de la vida de un viejo que a nadie interesaría. En ese momento pensé que ese trabajo me quitaría el tiempo.

Tenía que contestar con mucho tacto, pero eso no era una de mis cualidades, no sabía cómo decirlo y lo expresé:

—No sé qué decir, Mario...

—No digas nada, creo que los dos nos hacemos un favor, yo te regalo una historia y a mí me quitas un peso moral de encima. —Miró su reloj e hizo una seña al mesero para que trajera la cuenta—. Espero no haberte quitado tu tiempo, Elena me espera, tengo que ayudarle a cerrar las cuentas del día. Estamos en contacto, yo te busco.

Dejó sobre la mesa un billete que con mucho excedía el valor de los dos cafés que nos habíamos tomado y se retiró dejándome con aquellas grabaciones.

Cuando Carmelo, el mesero, llevó la cuenta, me guardé el billete, saqué unas monedas del bolsillo y pagué el importe. La bolsa contenía dos cajas de zapatos amarradas con hilaza. Regresé caminando a casa. En el recorrido estuve tentado muchas veces a dejar mi cargamento en alguna esquina. Al llegar al parque de la cámara de comercio me senté en una de las bancas, coloqué la bolsa a un lado y fumé un cigarro, luego reemprendí mi marcha dejando aquella carga sobre la banca. Pero antes de cruzar la calle de Hidalgo una joven me alcanzó. "Oiga, señor, creo que olvidó esto", dijo al tiempo que me entregaba la bolsa. Mi intento de olvido voluntario había fracasado, decidí afrontar la situación y llevé las grabaciones hasta la casa, guardé aquella bolsa en la parte más alta del clóset y de ahí pasó al olvido. Mario no se volvió a comunicar conmigo. Yo no lo busqué.

El día que recibí la llamada de Elena comunicándome la muerte de Mario, después de tomar los datos de la funeraria, colgué. Me encaminé hasta el clóset y me subí en una silla. Ahí estaba la bolsa en la parte más profunda, no hice el intento de sacarla, sólo quería confirmar que aún la tenía.

Ese día todo terminó mal, pienso que los demonios los traíamos en los talones; una vez que la gente perdió la conciencia, todo era enojo y sólo buscábamos un culpable, digo buscábamos porque yo andaba también entre la bola. Ahora estoy seguro de que Epifanio no tenía ninguna culpa, pero aun así terminó pagando el enojo del pueblo. La gente no olvidaba la muerte de Beatriz y de cómo él se obstinó en que la enterráramos en el camposanto. Estoy seguro de que muchos lo culpaban también por lo del aguadal y por sus muertos.

Hacía tres meses que La Reina estaba cerrada. Nadie se arrimaba a comprar ni a vender. Ahora el pueblo compraba en La Gloria —así le había puesto Gilberto, el sacristán, a su comercio—, que nunca estuvo tan surtida como La Reina, y los precios eran más altos, pero la gente tenía que comprar ahí para no parecer malos cristianos.

Corrían los últimos días del mes de julio del 26; desde el miércoles la gente del pueblo andaba agitada. El miércoles se soltó el borrego de que el gobierno iba a cerrar todos los templos, que se prohibiría decir misa y meterían a la cárcel a todos los padrecitos. La gente comenzó a arremolinarse en el templo. El señor cura no se aparecía por ningún lado. Lo buscaron en la sacristía, en su casa —que estaba pegada al templo—, y nada. Su hermana comentó que desde la mañana, después del almuerzo, ya no lo había visto; alguien dijo que a lo mejor lo habían detenido y llevado para Sayula, al destacamento de los federales, al poco rato aquel dicho ya se tomaba como cierto. Las campanas tocaron a reunión, el pueblo entero estaba en el atrio.

Creo que sólo faltaban Epifanio, su esposa Cecilia, don Emilio, el presidente municipal y su familia. Don Emilio era un buen hombre, pero estos tiempos eran difíciles y él estaba en medio, era autoridad del gobierno pero le tenía que dar la cara a la gente, así que para evitar daños mayores mandó a su mujer e hijos a Zapotlán, allá estarían más seguros y, la verdad, ¡cuánta razón tenía!

Entre que el señor cura no aparecía, la gente se fue a la presidencia municipal, querían que don Emilio diera cuenta de él, pero para su bien andaba por los potreros, así que se dedicaron a buscar autoridades, sólo encontraron al profe Fabián, que andaba quitado de la pena preguntando por aquel alboroto. Al verlo, la gente se le fue encima y comenzaron a tundirlo, él se tiró al suelo y se hizo bolita. Para su suerte, alguien divisó al señor cura que, acompañado de Filiberto, venía bajando del molino hacia la plaza, eso apaciguó a la gente y sin decir nada se fueron a su encuentro. Yo me quedé mirando al profe, no me animé a acercarme a él, con trabajos se levantó, aún estaba aturdido por la golpiza, lleno de polvo, con la camisa y el pantalón rotos. Al principio sentí cómo me empezaba a llegar la lástima, pero me acordé de lo mucho que dolían sus varazos y casi me llegó la risa, pero puse cara de circunstancia, no sé si se dio cuenta. Me miró y se fue tambaleando rumbo a la escuela; no volví a saber de él, debió de haber partido para Guadalajara.

El sábado 31, desde el amanecer, la gente no paraba de llegar de las rancherías, todos con cara de preocupación, algunos se venían desde Tepec o desde el Durazno, en procesión, en medio de rosarios, la gente hacía cola para confesarse. El pueblo parecía hormiguero, pero sólo se oía el murmullo de los rezos. Don Gabino me pidió que ayudara a Filiberto y a su papá a preparar la misa. Entre los tres no nos dábamos abasto para vaciar los cepos; las veladoras y las velas hacía tiempo que se habían terminado. Ese día la gente estaba muy piadosa, la cola para la confesión, lejos de acabarse, cada vez se hacía más grande. Cuando Gilberto dio la primera llamada, las caras de la gente que aún no se confesaba se llenaron de angustia. En ese viejo templo de muros anchos y techos altísimos, ese día, se olía el miedo y el temor. Para escapar de aquello, me fui a la sacristía a preparar el incensario. A ratos el rumor de rezos y lamentos parecía aumentar para luego pasar a cantos de alabanza. No me di cuenta cuando Gilberto dio la segunda llamada, pero a las meras doce dio la última. Los sábados en el pueblo no había misa al mediodía, pero aquel era un día diferente; esa sería la última misa y en ese tiempo nadie sabía si algún día habría otra. El señor cura se levantó del confesionario, cuando llegó hasta la sacristía, algunas mujeres le suplicaban que las confesara pero él sin hacer caso ordenó a Gilberto que cerrara la puerta.

Mientras don Gabino se vestía, yo salí por la puerta que daba al patio de la notaría y ahí seguí batallando para hacer los rescoldos en el incensario. Me asomé por una rendija que daba al atrio. Nunca había visto tanta gente junta, aquello parecía un lago quieto de cabezas, era como si todas las almas del purgatorio asistieran a un tiempo a esa misa.

Filiberto me llamó, nos vestimos y luego tomó el incensario. Esperamos a que el señor cura se adelantara, nosotros lo seguimos. En el camino Gilberto comenzó a cantar el *Introito*, su voz salió potente y profunda. Yo lo había oído muchas veces pero nunca como ese día; parecía llenarlo todo con su voz. Cuando llegamos al centro del altar el silencio regresó. "In nómine Patris et Fílii et Spíritus Sancti. Amen", dijo el padre mientras juntaba las manos sobre su pecho. A mis espaldas, Gilberto contestó: "Ad Deum qui laetíficat juventútem mean". Filiberto me hacía señas para que contestara, pero yo estaba aturdido, luego me pasó el incensario. "Judica me, Deus, et discérne causam mean de gente non sancta: ab hómine iníquo et dolóso érue me", yo no sabía latín pero en aquellas palabras comprendí un ruego de protección contra el mal y se quedaron en mi cabeza, "Júdica me, Deus, ... de gente non sancta"; desde aquel día, en momentos en que sentía que los peligros del demonio amenazaban mi alma o mi vida, repetía estas palabras.

El llanto de algún niño se mezclaba con los sollozos de las mujeres; con la mirada resignada, el Cristo crucificado parecía agonizar frente a mí; a la hora del sermón, el señor cura se encaminó hacia el púlpito, se abría paso entre el humo, dejando atrás pequeños remolinos, todos en el templo lo mirábamos sin perder detalle. Sus pasos lentos hicieron crujir los escalones. Una neblina de incienso y cera quemada flotaba sobre las cabezas de la gente; traté de buscar el mejor lugar para poder observar desde el altar la cara del señor cura, que en esos momentos, con las manos sobre el pecho y la mirada hacia las alturas, parecía tratar de encontrar fuerzas para iniciar. El silencio se alargaba y se hacía más pesado. Paseó la mirada por aquella multitud. Recuerdo que ese día, 31 de julio de 1926, por órdenes del gobierno, los templos del país tendrían que cerrar y ser entregados a los civiles. En ese entonces no sabíamos si esa sería la última misa y la última vez que podríamos recibir los sacramentos. Eso nos causaba temor; creo que por eso aquel sermón quedó en mis recuerdos por mucho tiempo. Por fin, después de un largo silencio, aclarándose la voz inició: "El Demonio quiere hoy sustituir a Jesucristo y constituirse a sí mismo en el rey y señor absoluto de los hombres, por eso sus esbirros del gobierno y gente del mal han jurado el exterminio de la Iglesia católica en México y en el fondo también pretende acabar con su pueblo creyente. La libertad de profesar nuestro amor a Dios y María Santísima está siendo sacrificada y, con leyes inspiradas desde los avernos, nos prohíben con la fuerza de las armas practicar la verdadera religión, heredada de nuestros ancestros, nos obligan a cerrar los templos y expulsan de ellos a Jesucristo y a nuestra madre María Santísima; quieren obligar a nuestra Santa Madre Iglesia a rendir cuentas y obedecer un gobierno emanado de los infiernos, esclavizar a los sacerdotes portadores de la palabra de Jesús Nuestro Señor, extirpar para siempre la fe católica y el amor a Nuestra Madre Santa María de Guadalupe, y a ustedes los condenan a vivir para siempre en las garras de Satanás, en un país de malditos, los arrojan a los abismos para que mueran en las tinieblas del pecado, alejados de la palabra de Dios. Una vez más las fuerzas del averno quieren crucificar a Jesucristo", dijo el señor cura mientras señalaba la imagen del Dulce Nombre de Jesús crucificada sobre el altar. La miré como esperando que aquella imagen afirmara lo dicho.

"Hoy las potestades de Satanás pretenden cerrar la gloria para el pueblo mexicano, con los buenos católicos hacer de esta nación el imperio de los renegados, los apóstatas, los ateos, los masones, los comunistas y los protestantes. A lo largo del tiempo, Dios ha permitido en sus secretísimos designios que estas cosas sucedan, grandes santos han ofrendado su vida en aras de su fe; murieron martirizados los santos apóstoles san Pedro, san Esteban y san Pablo. Hoy Jesucristo nos pone a los católicos mexicanos ante una prueba de fe y de valor que nos exige la templanza del alma ante este moderno Nerón llamado Calles. Los buenos cristianos debemos resistir por todos los medios y si es necesario ofrendar nuestra sangre para defender a la Iglesia, que es la esposa de Cristo, y a Nuestra Madre la Santísima Virgen María de Guadalupe. Tendremos que regresar a las catacumbas y, de ser necesario, enfrentar los leones en este nuevo circo romano. No existe muerte más dulce que aquella que se cubre con la palma del martirio, en defensa de nuestros hijos y de su derecho a la gloria eterna. Los buenos cristianos no pueden ni deben resignarse a vivir en las tinieblas alejados para siempre del seno clementísimo y amoroso de la santa madre Iglesia, lejos del bautismo, de la comunión, del matrimonio ante Dios y de los santos viáticos a la hora de nuestra muerte".

Cuando dijo esto pensé en la pobre Beatriz, a ella el señor cura le había negado los santos óleos, la miré con su cara de tristeza entre ejércitos de almas condenadas, luego me vi de nuevo esparciendo el aceite sagrado sobre su tumba, un escalofrío me recorrió el cuerpo. "Quien no lo haga vivirá condenado a las tinieblas por los siglos de los siglos". Luego guardó un largo silencio, la gente se movía inquieta, los ojos se llenaron de lágrimas y de miedo, algunos se daban golpes de pecho, otros se santiguaban y otros más movían la cabeza de un lado a otro con resignación; sentí que había perdido la última oportunidad de salvar mi alma, había cometido un sacrilegio al tratar de salvar el alma de Beatriz ante los designios del Señor y ese pecado había traído el aguadal como castigo, también la muerte de esa gente había sido mi culpa y ahora esto, sin darme cuenta las lágrimas comenzaron a salir, por más que traté de detenerlas seguían ahí y con más fuerza, me costaba trabajo alcanzar el aire, todo seguía en silencio. "Hermanos les deseo de todo corazón que Dios y la Santísima Virgen María de Guadalupe guíen sus actos en estos momentos difíciles, y que llegado el momento nos veamos en el cielo, Glória in excélsis Deo", dijo mientras levantaba las manos al cielo, con esas palabras terminaba el señor cura sus sermones, cuando regresó al altar, su cara era más pensativa. La misa continuó, a la hora de la comunión aquello no se terminaba, pareciera que el mundo estuviera en Amacueca para comulgar, los cantos comenzaron a llenar el templo, una voz a lo lejos gritó un "¡viva Cristo Rey y Nuestra Madre María Santísima!", don Gabino, molesto, detuvo la comunión, los cantos continuaron.

Al terminar la misa, expusieron por última vez al Santísimo, se rezaron dos estaciones mayores —siete padrenuestros, siete avesmarías y siete glorias cada una—. Al terminar, a una señal del señor cura emparejaron la puertas, la gente se arremolinaba por tratar de quedar dentro del templo, que ya estaba lleno, luego comenzaron a apagar las velas, primero las de los altares menores, después las del mayor, algunos hombres y mujeres seleccionadas por don Gabino comenzaron a llevarse los copones, la custodia y todo lo que se podía cargar del altar. Salían por la puerta de la sacristía y de ahí por el patio de la huerta para esconderlos en lugares seguros, cuando casi todo había desaparecido, el señor cura se quitó sus ornamentos y los entregó a la esposa de Gilberto, que, cubriéndose la cara, salió como los otros elegidos, después entre cuatro hombres venidos de la barranca bajaron la imagen del Santo Nombre de Jesús y la llevaron a esconder. Nadie supo a dónde.

Empezaron a sacar a la gente que seguía hincada rezando. Yo quedé entre la bola, vestido de acólito, pero no tuve más remedio que salir en medio de aquel remolino. Cuando todos estuvimos fuera, el señor cura, ayudado por Gilberto, cerró las puertas, la gente estaba encabronada. Sentían sus almas perdidas para siempre por culpa del gobierno y de los comunistas; al principio unos se hincaban a pedir perdón al cielo, otros lloraban, unos más caminaban sin rumbo con los ojos enrojecidos, las madres trataban de calmar a los niños que lloraban asustados sin tener conciencia de lo que pasaba, sentían el miedo de sus padres, otros empezaron a correr de un lado para otro. Mi tía Chona repartía bendiciones entre lamentos, algunos regresaron con machetes, aparecieron escopetas y pistolas. Luego los gritos de "¡viva Cristo Rey!" se hicieron más fuertes. Se fueron contra la presidencia municipal, los gritos salían de todos lados, ahí los dos gendarmes se hicieron a un lado y terminaron uniéndose a la bola; tiraron la puerta del despacho del presidente, no encontraron nada, se contentaron con quebrar algunos vidrios, quemar un montón de papeles y, a falta de otra cosa, fusilar en la plaza el retrato de Calles; luego entraron hasta el corral donde estaban las celdas para liberar a los presos, pero ahí sólo encontraron al Churillo, que cada que empinaba el codo hacía sus escándalos y quería matar a quien se le atravesaba. A esas horas aún dormía la borrachera de la noche pasada y por más que le abrieron la reja no quiso salir de ahí y prefirió seguir dormido.

No recuerdo a quién se le ocurrió la idea, pero de repente nos encaminamos calle abajo al grito de "¡viva Cristo Rey!, ¡viva la Santísima Virgen de Guadalupe y mueran los demonios hijos de Calles!", llegamos hasta el portón de La Reina. Primero fueron pedradas, pero al ver que nadie salía, la gente fue tomando valor y vinieron los machetazos, luego trataron de prenderle fuego, hasta que lograron abrirlo. Entramos como manada desbocada, los hombres por delante, luego las mujeres y al último los mirones, unos corrieron hacia la casa, otros, los más, se dedicaron a saquear lo que quedaba de mercancía en el comercio. A lo lejos divisé a doña Cecilia, hincada, rezando en uno de los corredores, estaba llena de susto, me pareció ver a Eufemio zarandearla de los cabellos y algo le gritaba, la dejaron tirada en el piso, ellos siguieron hasta la bodega del patio de atrás, luego las mujeres se hicieron cargo de doña Cecilia, algunas la pateaban, otras la jalaban de la ropa, cuando llegué hasta donde ella estaba, la pobre suplicaba que la dejaran en paz; entre llantos, con la cara llena de sangre, el cabello enmarañado y la ropa desgarrada, preguntaba: "¿Qué les hemos hecho?". En ese trance y sin querer, mis ojos descubrieron por primera vez la desnudez de una mujer, su piel blanca, sus pechos que se estremecían entre los sollozos dejando ver algunas veces su pezones oscuros, sembrados en esa blancura, no podía apartar los ojos, todo alrededor parecía haber desaparecido, luego miré sus piernas, las medias negras sujetadas por ligas en la mitad de sus muslos —muchas veces he soñado con ese cuerpo, pero también con ese llanto y esa cara ensangrentada—, de pronto ella sintió mi mirada, no dijo nada, sólo me miró, el miedo salía por sus ojos, sentí como que su odio me llenaba el cuerpo, ella trató de cubrirse con lo que quedaba de sus ropas, miré alrededor, encontré un pedazo de cortina olvidado y se lo entregué para que se cubriera; algunas mujeres empezaron a cargar con cuanto se encontraban en la casa, muebles, trastes, almohadas, cobijas, un ejército de hormigas vestidas de negro, poco a poco la casa se fue quedando vacía.

Pero el demonio aún no terminaba con nosotros, a Epifanio lo habían sacado por la puerta del corral, se lo llevaron a golpes entre la multitud hasta la plaza, los que estuvieron cerca dijeron que cuando llegaron por él parecía, con los ojos perdidos, no estar ya en este mundo, no escucharon ni un gemido por los golpes que le caían de todos lados, dicen que eso los enojó más.

Cuando llegué a la plaza lo tenían de rodillas en medio de un gran círculo, exigían que pidiera perdón a Dios y a la Santísima Virgen de Guadalupe por todas sus ofensas, pero Epifanio no respondió, Chuleco empezó a golpearlo en la espalda con el canto del machete hasta que quedó tendido en el suelo, trataron de levantarlo pero el hombre no podía sostenerse, luego lo amarraron al fresno en el que habían fusilado el retrato de Calles y le escupieron, trajeron una reata, entre burlas, mentadas y una que otra pedrada, amenazaron con colgarlo, pero Epifanio parecía no darse cuenta de nada, sus ojos estaban perdidos más allá de este mundo, alguien colgó de su cuello un cartel: "Esto les pasa a los enemigos de Cristo Rey y de la santa Iglesia". Pasaron la soga por una rama del fresno y ajustaron el nudo a su cuello, luego lo desataron del árbol, miré hacia el templo y, en el atrio, el señor cura observaba en silencio, en el otro extremo la señora Cecilia trataba de llegar hasta su marido; a empujones llegué a donde estaba y jalé de ella hasta sacarla de aquel gentío, se dejó llevar, caminamos calle abajo, la gente seguía maldiciendo, de pronto los gritos se convirtieron en cantos a la Virgen María, a lo lejos divisé cómo el cuerpo de Epifanio se balanceaba colgado del árbol, una columna de humo acompañaba el cuadro, habían incendiado la casa de Beatriz, mi tía seguía en la plaza lanzando sus rezos y bendiciones, llevé a doña Cecilia hasta la casa, caminó en silencio, al llegar me quité el vestido de monaguillo, luego busqué uno de los vestidos de mi madre que la tía había librado del lodazal, agarré un rebozo y se los entregué, ella los tomó sin mirarlos.

"¿Por qué hacen esto?, nosotros no les hemos hecho nada", dijo como si despertara de un mal sueño, mientras me miraba con tristeza. "Tú bien sabes que Beatriz era una buena niña, a ti te consta, Epifanio no es malo, sólo está enfermo de tristeza, Beatriz era su vida y cuando ella se fue, él perdió la razón".

No supe qué contestar, sus ojos limpios decían la verdad, una lágrima parecía salir de ellos. Tomé sus manos blancas y las besé mientras pedía perdón por nosotros. A mis trece años no podía hacer más. Entre las sombras, salimos bordeando el pueblo, caminamos muchas horas en silencio, no volví a escuchar su voz, casi al amanecer llegamos a la posta del camino real a Colima, ahí la dejé, no supe de ella hasta muchos años después. De regreso, las culpas se me agolpaban en la cabeza, el aguadal me había regresado por dentro.

Caminábamos tras los arrieros, ellos nos miraban de reojo con miedo, seguía sintiendo la fuerza del mando.

—¡Apúrense, cabrones! No querrán que les pase lo mismo que a su patrón, de seguro los vamos a colgar a todos.

Después de un rato vinimos a encontrar a los animales muy quitados de la pena pastando a un lado de la cruz, en la esquina de la calle Molino y la del Arroyo, casi a la entrada de la fábrica de jabón. Los arrieros guiaron a los diez animales de regreso hasta el atrio del templo, no cruzaron palabra con nosotros. Cuando llegábamos, como si lo hubiera sentido, el señor cura salía del curato.

—Creí que se les habían escapado —dijo observando con cuidado la carga de los animales.

—Traigan al mulero.

Medardo y Lupe obedecieron, yo me quedé atento a lo que hacía el señor cura, que con la mirada parecía tratar de adivinar el contenido de cajas y costales.

Cuando llegaron con el hombre que se tambaleaba, la gente los seguía.

—¿Cuánto vale tu carga?

—Son como setecientos cincuenta pesos de plata, padre.

El padre movió la cabeza como pensando lo que debía hacer.

—¿Si te damos trescientos?

El arriero no supo qué decir, el trato lo agarró de sorpresa.

—¿Trescientos, señor cura?

—¡Sí, eso dije! No crean que uno no sabe de estas cosas, sé que ustedes son igual de ladrones que los de La Reina, a todo le suben para hambrear a la gente de los pueblos, lo que compran a veinte centavos lo vienen a vender a tostón y aquí los ricos del comercio lo suben al doble.

—¡Pero, padre! —quiso replicar el arriero.

—Nada, nada, Dios dijo que es un pecado quitar a los pobres el pan de la boca y ustedes es lo que hacen, no hablemos más, te vamos a pagar los trescientos pesos, le vas a dejar la mercancía a Gilberto. —Al tiempo que lo buscaba entre la gente, Gilberto se acercó—. Él va a ser el del comercio, es un hombre temeroso de Dios y está a favor de nuestra religión, los otros son aliados del gobierno y si tú les vendes la mercancía, estás ayudando a la causa que quiere acabar con nuestras creencias, entonces eres uno de ellos y estás en contra de Dios.

—Padre, yo no soy hereje, tampoco estoy en contra de nuestra religión, con mi trabajo mantengo a mi familia; mi mujer y yo somos devotos.

—Ahí está, ¿ya ves?, debes estar del lado de nosotros, los buenos católicos, pero si no estás de acuerdo yo ahorita me regreso a mis asuntos y tú te quedas aquí, con tu carga, con tu recua y te entiendes con ellos —dijo señalando a la gente, el arriero agachó la cabeza, ya no dijo nada—. Bueno, ¿qué decides? ¿Confías en Gil, que es un hombre honrado y cristiano, o no?

La mirada de Gil era de preocupación.

—Bueno, está bien —dijo, más por no tener otra salida que por ser buen cristiano.

—Entonces en un mes vienes por tu dinero.

—¿En un mes? —dijo el arriero sorprendido.

—¡Sí! en un mes. ¿A poco piensas que nosotros traemos trescientos pesos así nomás? Es mucho para nosotros, ese dinero junto sólo lo tienen los ricos y por eso se van a condenar, Gil tiene que empezar a vender la mercancía y de lo que saque irá juntando para pagar.

Gil se veía feliz, Filiberto el monaguillo era su hijo más grande, tenía una pitayera y un cuamil donde sembraba, su mujer doña Rosa era muy devota, él cada que podía hacía las veces de sacristán, ellos fueron los únicos que no asistieron al entierro de Beatriz, no era rico, tampoco pobre, pero con esto pensaba que los tiempos le cambiarían.

Se llevaron las mulas hasta la casa de Gil y allí las descargaron, el mulero salió del pueblo sólo con sus animales, sus ayudantes habían escapado. Nadie se dio cuenta a qué hora. Hasta donde supe, al cumplirse el mes ninguno regresó a cobrar la cuenta.

## Carolina

Cuando regresé a trabajar en la enfermería, el doctor Abel me advirtió de nuevo las reglas, ahora no podría salir a otros patios sin un recado firmado por él o por su ayudante, el nuevo doctorcito. Al principio eso pareció complicar las cosas pero, al paso de los días, se fueron componiendo, algunos guardias que estaban arreglados con nosotros no me recogían los pases de los doctores, y como no traían la fecha, tenía uno cada que necesitaba hacer algún encargo de don José.

El nuevo doctor tendría unos veintiún años, se llamaba Jaime Ruiz, era callado, hablaba sólo lo necesario; cuando no estaba el doctor Abel, se la pasaba metido en el consultorio repasando sus libros, después me enteré de que estaba por terminar sus estudios y lo habían mandado ahí para que don Abel se hiciera cargo de sus prácticas; era tan nuevo que a veces la jefa le tenía que decir cómo hacer algunas cosas, después salió que Carolina y él se conocían desde hacía tiempo, los dos vivían en el barrio del Santuario, casi en el centro de la ciudad. Carolina me platicó que era de una familia acomodada y que él no hacía ronda con nadie; también que andaba de novio con una amiga de ella, eso me dejó tranquilo. Era el mes de mayo del 29, en ese año el calor apretó con ganas, lo que más llegó a la enfermería eran las deposiciones, o diarreas, como le decían los doctores, había que vaciar las suciedades dos o tres veces en el día, pero aun así me daba mis mañas para platicar con ella, era una muchacha callada pero ya que agarraba confianza se volvía muy platicadora, una de esas tardes me habló de los peligros que corrían las mujeres de la Brigada, como la vez que andaban comprando parque a un teniente de la Quinceava, en el cuartel de los guachos.

Me contó de una señora como de cuarenta y cinco años, casada y con hijos ya grandes, a la que le decían Maura, aunque ese no era su verdadero nombre (entre ellas, cuando hacían labores para la resistencia, nadie lo usaba); la señora Maura hizo contacto primero con la esposa de un capitán que vivía por su casa, allá por la antigua estación del ferrocarril, en la calle del Arenal; se dio cuenta de que era una mujer piadosa y que tenía muchas necesidades, el sueldo de capitán en esos tiempos no alcanzaba para mantener a una familia de seis chiquillos. Maura al principio le empezó a llevar cositas para que se ayudara; cuando se la hizo amiga, le fue preguntando, como si no supiera, sobre su marido, luego le dijo que había oído por ahí que andaba gente queriendo comprar parque para la causa y que ese dinero le podría ayudar en sus necesidades, al principio la señora empezó a vender lo que podía sacarle a su marido, cuatro o cinco cartuchos, a doce centavos cada uno, hasta que un día el capitán la estaba esperando en la casa.

—Mire, señora, ya me platicó mi vieja que usted le ha estado comprando el parque que me roba. No se asuste, no la esperé para detenerla ni denunciarla, si eso hubiera sido ya estaría detenida desde hace días, más bien le quiero preguntar si esas compras son en serio, quiero decir no de cinco o diez balas; si usted quiere, podemos ver la forma de vender algo que nos sirva a todos, digamos, para empezar, una o dos docenas.

Creyó que el capitán se refería a tiros, pero cuando se dio cuenta de que hablaba de cajas de parque de cincuenta tiros cada una, no supo qué decir, eso lo tenía que consultar con Celia, ella era de las que administraban las ayudas. Para no hacer el cuento muy largo, Maura pidió tiempo al capitán y al poco comenzaron a hacer tratos.

Un día, Carolina la acompañó a recoger el "encargo", iba con ellas Anselmo, (trataban de no ir solas nunca en esas tareas), un taxista de mucha confianza del sitio de la  catedral, la entrega se hizo por una de las puertas casi escondidas en el templo de Santa Mónica —que en ese tiempo estaba tomado por los sardos—, recogieron el cargamento y se regresaron por la calle Alcalde. La casa donde tenían que entregar la carga estaba entre las calles de Placeres y Penitenciaría; al llegar a Morelos, Maura le pidió a Carolina que fuera a avisar a don Luis, uno de los encargados de la Brigada, que ya tenían el cargamento y que fueran preparando todo para subirlo al monte; la bajó en Morelos y San Francisco, ellos siguieron por San Francisco.

En cuanto bajó del carro y apenas había dado unos pasos, se le cruzaron dos hombres de la secreta:

—¿A dónde tan de prisa, niña? —le dijo uno tomándola del brazo, ella trató de soltarse y lo consiguió, pero el otro le cortó el camino:

—Niña, vas a tener que acompañarnos.

Al principio se resistió, al ver el jaloneo alguna gente que pasaba trató de defenderla, pero los hombres se identificaron:

—Somos de la policía. —La gente se apartó mirando a Carolina con sorpresa—. Los venimos siguiendo a ti y a tus amigos desde el cuartel, sabemos en lo que andan metidos, es mejor que no hagas mucho alboroto pues te puede ir peor, niña bonita, si sigues poniéndote rejega te vamos a llevar a dar una vueltita, antes de llevarte a la comandancia.

Carolina me platicó que estaba muy asustada, pensó lo peor.

—¿Qué te parece si vamos por ahí a otro lado? Y si te portas bien quién quite y te dejemos ir —le dijo uno de los agentes mientras trataba de darle un beso y ponía las manos entre sus piernas.

Eso a ella le dio mucho coraje, tanto que lo agarró con los dientes por la nariz y por más que aquel hombre trataba de liberarse, ella enterraba los dientes con mayor fuerza, el otro tuvo que detener el carro para ayudar a su compañero, con esto ya se había hecho un escándalo alrededor, muchos curiosos miraban la revuelta; cuando por fin lograron liberar al hombre de las mandíbulas de Carolina, ella comenzó a gritar:

—No me quieren llevar a la comandancia, yo no hice nada, pero ellos me quieren llevar a otro lado para hacerme sus cosas.

Al ver que dos hombres adultos y mal encarados trataban de abusar de ella, la gente protestó y trató de liberar a Carolina, en eso llegaron policías uniformados, pero la gente ya no estaba dispuesta a dejar a la muchacha sola con ellos y casi en procesión los siguieron hasta la comandancia.

Cuando Anselmo y doña Maura dieron la vuelta en la calle de Placeres, Anselmo notó que un auto los seguía. "Creo que ya nos cacharon, doña", ella le ordenó que diera una vuelta a la manzana para tratar de perderlos, dieron vuelta en Galeana, tomaron Prisciliano Sánchez, luego Ocampo, para tomar de nuevo por Placeres, el auto daba brincos descontrolados sobre el empedrado, parecía como si se fuera a desarmar, al llegar a la calle San Cristóbal, dos autos de la inspección de policía les cortaron el paso, a Anselmo lo bajaron del carro sin darle tiempo de decir nada, junto con la señora se los llevaron a la comandancia; a él lo metieron a los separos para interrogarlo, a ella la encerraron en una de las celdas de la entrada; al poco rato trajeron a Carolina, fuera de la comandancia, la multitud que la había acompañado hizo que el escándalo fuera grande. Cuando llegó el jefe de la policía, un tal Arcadio Padilla, y miró aquella multitud, inmediatamente mandó que llevaran a Carolina a su despacho, ahí se encontró con los dos agentes que la habían detenido, uno de ellos tenía la nariz y las ropas ensangrentadas, en los ojos comenzaban a formarse moretones como si lo hubieran golpeado. Cuando Carolina entró a su despacho, Arcadio Padilla estuvo a punto de soltar la carcajada, pero se detuvo.

—¿Es ella? —preguntó, los agentes afirmaron con la cabeza, él dijo en tono resignado—: Ahora imagínense tratando de detener a Degollado o al Catorce, vergüenza les habría de dar, cabrones, no quiero saber cómo los han de traer sus viejas. Retírense y lleva a este pendejo a que lo curen, mañana hablamos. ¿Así que tú eres la niña indefensa a la que viene a proteger esa gente que está allá afuera? —Carolina bajó la cabeza—. Y me puedes decir ¿quién va a defender a mis agentes de ti?

—Ellos querían quitarme mi honra, señor, dijeron que me portara bien con ellos y que me dejarían ir, pero yo no debo nada, a mí me agarraron nomás porque les pareció fácil, a la que buscaban a lo mejor se les fue y entonces me agarraron a mí, no sé de qué se me acusa.

—¿Cuántos años tienes?

—Catorce, voy a cumplir quince.

—¿Tu papá sabe que andas en estas cosas?

—¿En cuáles cosas, señor? Yo no ando en nada, estaba estudiando para maestra, pero nos cerraron la Normal Católica y yo no he querido estar en la del gobierno, así que mejor burra que condenada.

Don Arcadio ordenó a uno de los guardias que la llevaran a la celda en la que estaba doña Maura, cuando llegó, la mujer hizo como si no la conociera, ya por lo bajito le preguntó si no había dicho nada, Carolina le hizo la seña de que no. Se hizo de noche.

Al poco rato volvieron a llevar a Carolina hasta el despacho del jefe Arcadio Padilla, ahí se encontró a su papá y a don Javier Franco, un señor amigo de don José y también compadre de don Arcadio.

—Mira, Javier, ahí tienes a la muchacha sana y salva, lástima que no pueda decir lo mismo de mis agentes, a uno casi le arranca la nariz, le tuvieron que dar más de cuatro puntadas para podérsela pegar —dijo el jefe de la policía.

Carolina quiso replicar pero don José la miró con un gesto severo para que se quedara callada.

—Usted, don José, tenga cuidado con esta muchacha, es muy alebrestada y si no la mete en cintura ahora, le va a traer muchos problemas.

—Estoy seguro de que todo fue un malentendido, Arcadio, como ya te dije la familia es muy buena, aquí José es un hombre muy trabajador y serio que no se mete en problemas.

—Mira, Javier, en estos tiempos hasta el hombre más serio se enreda, no es sencillo aguantar la monserga de las mujeres, los curas las usan para vencer la resistencia de los maridos, mi misma vieja sé que va a las misas clandestinas que hacen en las casas, ni modo de mandar una redada, ¿para que termine en las islas Marías?, aunque para descansar de ella estaría bueno, pero luego quién cuida a los hijos —dijo entre risas—. A nosotros no nos queda otra más que estar alerta, porque cuando menos te das cuenta ya tienes al enemigo entre tus pantalones, bien saben esos curitas por dónde nos tienen agarrados.

—¿Y qué podemos hacer, Arcadio? Sólo estar atentos con ellas, ya sabes que si se les mete una idea ahora sí que no hay ley que las detenga.

—Pues, Javier…, cuidar de que no se metan en problemas, figúrate, a la otra mujer la agarraron en el carro, con todas las pruebas, el cargo es muy serio, ni cómo ayudarla, ochenta cajas de parque de treinta-treinta; si le va bien, estará un rato largo en cárcel, y si se le demuestra que no era la primera vez que hacía tratos, quién quite y se vaya hasta las islas Marías; al capitán que hacía el negocio con ellos, ese a lo mejor no la libra y hasta lo fusilan por traición… Para que veas hasta dónde puede llegar el asunto. Cuando los detuvieron, el chofer de la señora se resistió, trató de huir en el carro, en la balacera lo hirieron, hace rato me informaron que no pudieron salvarlo y ahora ya es difunto. Don José, esta vez le entrego a su muchacha, cuide de que no se meta en más líos, hágala entender que Dios no necesita que lo defiendan.

Carolina comentó que su papá estuvo a punto de decir algo, que la cara se le puso roja, pero que miró al suelo y se quedó callado.

—No deje que se enrede ni que lo enreden y si anda enredada desenrédela y no se enrede usted. ¿Me entendió, don José?

Desde esa vez, Carolina sólo se dedicó a cuidar de los heridos que le encargaba la resistencia; a escondidas los traían de la sierra y los metían a hospitales como la Trinidad o el Sagrado Corazón, en donde eran atendidos por médicos que estaban de acuerdo con la causa, ya no anduvo en los negocios del armamento. Dos meses después de aquello a don José lo detuvieron en una imprenta en donde estaban haciendo propaganda, allá por las Nueve Esquinas; como sólo eso tenía en su contra lo metieron al penal de Escobedo.

Esa vez don Javier Franco no pudo hacer nada, su compadre Arcadio Padilla no lo recibió; en cuanto a

Anselmo, la verdad fue que murió en el interrogatorio, es un mártir más de la causa.

Maura pasó seis meses en el penal de Escobedo, en el ala de las mujeres, la causa no podía hacer gran cosa por ella, su marido tuvo que hipotecar su casa para pagar porque saliera libre. Dos de sus hijos se fueron a la resistencia con el ejército del Sur, al mando del general Degollado; por las señas que dio Carolina, creo que yo los conocí, nos encontramos en la cueva de Jiquilpan, delante de San Gabriel, ahí se hizo la concentración de nuestro grupo para el avance sobre Manzanillo, ellos eran altos, como de mi edad, muy flacos los dos, cara triste y ojos azules, sólo hablaban entre ellos, a nosotros nos veían con desconfianza, uno se llamaba Apolinar, el otro, el más grande, Faustino. Me llamaron la atención por su devoción cuando rezábamos el rosario, parecían dejar el alma en cada palabra, a todas horas besaban sus escapularios; al principio pensamos que eran seminaristas, luego nos aclararon que no. A uno lo mataron en la toma de Manzanillo, del otro ya no supe, creo que siguió con el estado mayor de Degollado.

Recuerdo que en el intento por tomar esa plaza sufrimos nuestra peor derrota, también esa vez conocí el mar, cierto que lo vi de lejos encaramado en el cerro, pero nunca me había imaginado que tanta agua pudiera estar junta sin hacer daño, desde lo alto se miraba de un azul quieto, no como el aguadal negro y pesado que delataba sus intenciones. En aquel combate de Manzanillo, al principio parecía que la batalla iba a ser rápida, nuestras fuerzas de avanzada entraron hasta las cercanías sin trabar combate, pero de pronto los atacaron por el flanco, nosotros estábamos cubriendo la retaguardia, desde la costa un barco comenzó a bombardear las posiciones que teníamos en el cerro, eso detuvo la ayuda para la avanzada. Otro de los problemas que tuvimos fue que al grupo encargado de volar las vías del tren para cortar la llegada de refuerzos federales lo retrasó una partida de agraristas que les presentó frente, por eso el tren con los refuerzos logró pasar y cuando menos acordamos ya teníamos a los guachos en nuestras espaldas. Nos vimos en la necesidad de retirarnos, en esa batalla hubo gran mortandad, ahí vino a caer aquel muchacho, que la verdad yo creo que buscaba la muerte; cuando llegó la primera oleada de guachos, nosotros estábamos bien parapetados, la tracatera era nutrida, pero pudimos contenerlos, hasta que llegó la segunda oleada, esos traían dos cañones de campaña que montaron en el tren y dos ametralladoras; con los cañones bombardearon las posiciones que no podían alcanzar con el barco, ahí empezaron a abrirnos la brecha, luego posicionaron las ametralladoras, nosotros seguíamos a cubierto esperando órdenes; cuando el tiroteo estaba más nutrido, aquel muchacho salió como loco gritando "viva Cristo Rey y viva la Santísima Virgen de Guadalupe", como si aquellos gritos lo fueran a proteger de la balas, de momento nos quedamos con la boca abierta por esa locura, luego empezamos a disparar para cubrirlo, pero él siguió corriendo y disparando para todos lados cerro abajo, iba a descubierto; al poco empezó a pegar de brincos como muñeco deshuesado, bailando entre la polvareda, el balerío que le atinaban no lo dejaba caer al suelo, de pronto todos dejaron de disparar, cayó y se quedó muy quieto, entonces entendí que esa gente no venía a luchar por la causa, no les interesaba si la causa se ganaba o se perdía, ellos querían ser santos y mientras más pronto mejor.

Carolina tenía un mes trabajando en la enfermería, a ella le tocó dar a la señora Maura la noticia de la muerte de Apolinar, la señora se le quedó mirando, muy callada, como pensando, luego preguntó por el otro hijo. Carolina le dijo que él estaba bien, entonces le salieron unos lagrimones y se puso muy triste, dijo que Dios aún no le hacia el milagro completo, ella soñaba con dos mártires en el cielo, pero ahora se tendría que preocupar por Faustino, pues él aún seguía aquí en la tierra con el riesgo de que su alma se condenara.

## La traición. Prudencio

Estábamos a mediados de mayo del 29, esos días fueron muy movidos, los recados iban y venían, corrían borregos por todos lados, unos decían que la causa estaba ganando al gobierno, que los gringos se habían metido y que apoyaban el levantamiento, que el nuevo presidente, Portes Gil, había tenido que doblar las manos, que la guerra estaba casi ganada; la gente hablaba, pero por otro lado don José se veía preocupado, parecía que los asuntos allá afuera no estaban tan bien como decían acá adentro; Carolina tampoco sabía mucho, eso me tenía descontrolado, las cosas no podían ser como decían los borregos.

Yo platicaba cada noche con Prudencio. Él, desde su forma de pensar, trataba de explicarme lo que pasaba, aunque muchas veces yo no le creía; como fuera, no le daba la contra, sólo lo oía. Según el Tuerto, el movimiento estaba muy dividido, ya otras veces me había dicho eso de que los obispos andaban encontrados unos contra otros, que unos apoyaban la lucha y a otros como que no les caía muy bien. También dijo que a medida que el movimiento se fue haciendo grande, mucha gente se acercó para ver qué podía pepenar en esa revoltura y entre los jefes aparecieron las envidias.

Me habló de un paisano de los Altos y de cómo lo mataron. Sucedió semanas antes de que a Prudencio lo apresaran herido en un entrón con los agraristas. Según dijo, por esos días habían nombrado a Gorostieta comandante de todos los ejércitos de la Liga y al padre Pedroza, general de las brigadas de los Altos, a Degollado lo dejó como jefe de la División del Sur —donde yo anduve—, el padre Vera se quedó encargado de uno de los regimientos de los Altos y Victoriano se convirtió en su segundo, al mando de otro regimiento; decía el Tuerto que a Victoriano la gente le tenía aprecio, porque era igual a ellos y de la misma tierra. Otros, por envidia, no lo pasaban bien y se la tenían jurada, el que más lo traía atravesado era un tal Guadalupe Valadez, un hombre peligroso y de malas artes. Quien tampoco lo aguantaba era un catrín de acá de Guadalajara, un tal Humberto Navarro, una verdadera víbora, igual o más peligroso que Valadez, porque era más ladino. Platicaba Prudencio que un día Humberto y Guadalupe con su gente le tendieron una trampa a Victoriano. Con engaños lo llevaron hasta una casa, dizque para parlamentar y arreglar diferencias.

"Nosotros le decíamos que no fuera solo, pero Victoriano era terco. 'No les debo nada, tampoco podrán decir que les tengo miedo'; contra sus órdenes, Primitivo y yo lo seguimos y vimos cómo, antes de entrar al lugar, los guardias lo desarmaron, pero él no se pandeó y les siguió la jugada; nosotros nos quedamos escondidos entre unos árboles, bien cobijados en las sombras, como fantasmas. Los guardias ni sospecharon que los teníamos medidos, desde ahí pudimos ver cómo el Catorce se acomodó a un lado de la ventana que teníamos enfrente, desconfiado como era, no le dio la espalda a la calle, ahí estuvieron sentados alegando durante un rato, cuando creyeron que la presa estaba descuidada, trataron de madrugarle, pero aquel era astuto como cuervo viejo; los estaba tanteando, muy al pendiente de sus movimientos, de pronto, oímos los disparos, él les aventó una lámpara de petróleo que estaba sobre la mesa, y entre las llamas y los tiros, saltó por la ventana, los guardias trataron de asegurarlo, pero nosotros les madrugamos, en eso, se vino otro arreón de plomo, ahí salimos corriendo con Victoriano para cubrirnos con la oscuridad, pero Primitivo no alcanzó a llegar, nosotros no tuvimos calma para sacarlo del apuro, cuando llegamos al campamento, nos agrupamos para rescatar a Primitivo, pero ya la gente de Valadez nos estaba esperando, aun así tomábamos posiciones para de una vez resolver el conflicto, en eso llegó el padre Pedroza con su estado mayor, nos ordenó que tiráramos las armas, de primero nadie le hizo aprecio, esperábamos ver qué hacían Valadez y su gente, de dentro de la casa salió Humberto y con su voz de mujer arrepentida ordenó a los hombres de Valadez que bajaran sus armas, cuando ellos lo hicieron, entonces obedecimos, dijeron que nosotros habíamos atacado a su gente a la mala y que, cuando vimos la resistencia, tratamos de huir y que por eso a Primitivo le habían dado por la espalda. El padre Pedroza ordenó a Valadez y a Victoriano que entregaran sus armas, pero no a Navarro, ese parecía gato, por más vueltas que diera la cosa y más traiciones que hiciera con sus intrigas, siempre caía parado, de uno o de otro lado, pero parado.

"Se los llevaron detenidos, a nosotros nos ordenaron guardar nuestras posiciones hasta que se arreglara el asunto. Recogimos el cuerpo de Primitivo para darle sepultura. Tenía los ojos en blanco, muy abiertos, parecían dos lunas chiquitas. En medio de la frente se asomaba un agujero negro por el que terminó de matarlo la envidia. Nunca supe quién le dio el tiro de gracia, pero espero conocerlo en el infierno.

"Antes de que me apresaran supe que a Navarro lo habían nombrado parte del estado mayor del padre Pedroza, de ahí no supe más, sólo las oídas que de cuando en cuando llegan con los nuevos presos."

Aquellas cosas eran nuevas para mí, yo sabía que en esta guerra a veces ocurrían accidentes como el que nos pasó a nosotros con Macedonio, pero eso de que por envidias, entre nosotros, empezáramos a matarnos, me decía que ya el demonio tenía muchas colas metidas en el ajo, así la cosa no podía terminar como Dios manda.

*Tepa. Catarino*

En esos días cayó al penal Catarino, un conocido de Prudencio. El hombre se había entregado por su voluntad, lo que platicó dejó al Tuerto muy enojado.

"El movimiento había tomado forma, Gorostieta lo organizó como un verdadero ejército, pero las envidias y los chismes siguieron, con Navarro en el estado mayor del padre Aristeo Pedroza, las cosas para Victoriano se pusieron difíciles.

"Una semana antes de la toma de Tepa, debido a los infundios de Navarro, mandaron llamar al Catorce para que se presentara en el campamento del Purgatorio, ahí Pedroza le quitó el mando de la tropa, el padre Vera no estuvo muy de acuerdo pero le aconsejó a Victoriano que obedeciera, por eso él no se defendió, obedeció como buen soldado de Cristo, le dieron oportunidad de elegir una guardia para su defensa, escogió a siete hombres de San Julián y con ellos salió sin decir palabra, ese fue el inicio del fin de los Dragones del Catorce.

"Todos sabemos que Victoriano no era hombre de muchas palabras, él no sabía defenderse a lengüetazos como los catrines, así que con todo su coraje y después de haber sido de las cabezas importantes de la resistencia, nos ordenó que quedáramos con obediencia, bajo las órdenes del padre Vera.

"Una semana después de aquello preparamos la toma de Tepatitlán, la guarnición de federales era muy corta y cuando supieron de nuestra llegada abandonaron la plaza.

"El 14 de marzo nosotros habíamos salido con el padre Vera para hacer un reconocimiento de la zona; regresamos de madrugada, entonces se corrió la voz de que Victoriano estaba muerto, y que el teniente coronel Cholico lo había matado a la mala.

"Victoriano se había retirado a su pueblo, esperando que se le pasara el enojo, la gente le llevaba información de los combates, él nomás se encerraba en su jacal sin decir nada, dos veces trataron de venadearlo, pero fueron las mismas que fallaron, parece que le llegaron noticias de que gente del estado mayor de Pedroza pensaba vender el movimiento, entonces ya no aguantó, así que a los pocos días se apersonó en Tepatitlán para aclarar el asunto con el reverendo padre general Pedroza, eso, lejos de ayudarlo, lo puso en mayor peligro, Navarro y Valadez lo estaban esperando; aprovecharon la presencia del Catorce para acusarlo con Pedroza de desobediencia. En cuanto llegó al cuartel, ahí mismo lo prendieron, por la noche le hicieron juicio, Victoriano trató de defenderse de los infundios y decir lo que sabía, pero de nada le sirvió, todos se hicieron de oídos sordos, las víboras le vaciaron sus venenos y lo condenaron a muerte, quisieron formarle cuadro para fusilarlo, pero unos por respeto, otros por miedo, todos se negaron,

Navarro convenció a Cholico y con otros tres hombres se fueron hasta el registro civil, en donde lo tenían preso, lo sacaron con engaños, Cholico lo agarró por la espalda y lo degolló. Entre el sangrerío se fueron nuestras esperanzas, para cuando supimos lo que había pasado, Cholico se había ido junto con los otros tres traidores, se supo que les dieron buen dinero para que se pelaran para el otro lado. Por órdenes de Pedroza, Navarro se fue para el campamento del Purgatorio, no lo volví a ver hasta el 19 de abril, día en que murió el padre Reyes Vera.

"Ese día, la gente de Saturnino Cedillo había tratado de quitarnos Tepatitlán. Venía con tres mil hombres, pero la columna que intentó el ataque era como de unos mil quinientos, entre federales y agraristas. Nosotros éramos como novecientos. El ataque comenzó como a las cinco de la mañana; los dejamos llegar hasta las afueras del pueblo. Aguantamos lo fuerte de sus cargas replegándonos hasta la iglesia; como a las siete de la mañana, el padre Vera dio la orden a las columnas que esperaban fuera del pueblo para que cerraran la pinza. Cuando los federales se dieron cuenta del movimiento se volvieron locos, tratando de huir chocaban como monigotes, sin saber para dónde correr. Salimos a batirlos; sardos, caballos y agraristas caían despanzurrados por todos lados, cuando aquello terminó miré al padre Vera, traía la cara tiznada por la humareda de las balas revuelta con el sudor de la batalla. Me miró de frente y con el contento saliéndole por los ojos me dijo: 'Ahora sí, Catarino, de aquí directo a Guadalajara. Ya los tenemos en un puño'. En eso se oyó un disparo y la cara se le llenó de sangre. Yo alcance a mirar su puño todavía levantado, sonó otro disparo que me pasó zumbando por la oreja. Me tiré al suelo. Pensé en algún pelón rezagado, aún estaba aturdido, sentí la sangre en la cara esperando que me llegara la muerte, tenía su sabor dulce en la boca, el primero que llegó fue Navarro, todavía traía su cuarenta y cuatro en la mano, no me moví, me creyó muerto, con el pié me hizo a un lado, luego guardó la pistola. "Como tú decías, Vera, Dios está de por medio; somos soldados de Cristo y las cosas están cambiando. Tú quedaste del otro lado, mi conciencia está tranquila, sólo seguí órdenes", dijo dirigiéndose al muerto. Escuché el ruido de las espuelas retirándose.

"Poco a poco me di cuenta de que la muerte no me llegaría, la sangre que sentí en la cara y en la boca no era la mía, era del padre Vera. Cuando todo quedó silencioso, me rodé hasta quedar pegado a la pared y me fui levantando, ahí entre la tierra estaba Vera con el puño cerrado, nunca llegó a Guadalajara.

"Cuando la tropa se dio cuenta de aquello, se fueron acercando, tenían la sorpresa pintada en la cara, algunos lloraban. No dije nada. Me metí entre la bola. Recogieron al muerto y lo llevaron a la parroquia, ahí lo velamos, no sabía qué pensar, la mano del padre Vera seguía empuñada, pero ya no agarraba nada, le habían robado todo, hasta la vida.

"A eso de la madrugada se apersonó el general Pedroza, con el sombrero en la mano. Se acercó al difunto y se persignó, después de un rato de estar ahí parado con los ojos perdidos, dirigió un rosario, cuando terminó salió rumbo a la presidencia municipal, que hacía las veces de cuartel. Antes de que llegara le alcancé y le pedí hablar con él en reservado. Me miró de arriba abajo, como tratando de reconocerme, me dijo que lo siguiera, cuando estuvimos solos le conté lo de la muerte del padre Vera; se quedó muy callado, sacó un rosario de entre su ropa y empezó a pasar las cuentas una por una, muy despacio, como si estuviera repasando sus pensamientos, después de un rato, se echó para atrás en la silla y se me quedó mirando.

"—¿Me cuentas esto en confesión o como acusación?

"—Usted dispense, pero estoy hablando con el general, no con el señor cura —le dije.

"—Bien, lo que acabas de contar es una acusación muy grave, ¿lo has platicado con alguien más…? ¿Cómo dices que te llamas?

"—Catarino, y no lo he hablado con nadie, sé que lo que digo es muy gordo y estoy dispuesto a sostenerlo —le respondí.

"—¿De dónde eres, Catarino?

"—De la Unión de San Antonio.

"—Mira, Catarino, déjame hacer algunas investigaciones, mientras, te ordeno que no hables con nadie. Ya mañana veremos cómo se arregla este asunto, déjame aquí tu pistola, no vaya a ser que tengas malos pensamientos y quieras cobrar venganza por tu mano antes de que este malentendido se aclare. Ya no quiero más muertos.

"Llamó a uno de sus hombres y le pidió que me acompañara hasta mi caballo para recoger mi rifle; el asunto empezó a darme mala espina, el general no pareció sorprendido de lo que le había contado y, por más, me dejaba sin defensa.

”Cuando salíamos del despacho de Pedroza, afuera estaba Navarro esperando para hablar con él, casi chocamos. Se me quedó mirando con su cara redonda como de puerco, yo le sostuve la mirada, sus ojos se perdían entre tanta carne sudorosa, no sé si me reconoció. Seguí caminado sin despegarle la vista. En ese momento pensé que el general había tenido razón al quitarme el arma, de otro modo ahí mismo hubiera arreglado las cuentas.

”Después de entregar la carabina, me fui con la demás gente a hacerle guardia al difunto Vera fuera del templo, muchos entraban nomás para asegurarse de que era cierta su muerte. Aquello parecía una derrota, las historias de su valentía recorrían los grupos. Dentro del templo se escuchaban los cantos entre rezo y rezo:

Que viva mi Cristo, que viva mi rey,
que impere doquiera y triunfe su ley.

Tropas de María sigan la bandera.
No desmaye nadie, vamos a la guerra.
Nuestra capitana, pues ya nos espera.
Rezando el rosario, vamos a la guerra.

”Yo seguí dándole vueltas a la cuestión, pero mientras más lo hacía menos me gustaba lo que veía. De a poco los grupos se fueron desbaratando, algunos se quedaban dormidos enredados en su poncho, otros jalaban para alguna casa.

"Arnulfo, uno de los compañeros, se acercó misterioso:

"—Oye, Catarino, ¿es cierto lo que andan diciendo por ahí, que tú estabas con el padre Vera cuando lo quebraron?

"—Depende de quién lo ande diciendo —contesté para ganar tiempo, no podía olvidarme de las órdenes del general Pedroza.

"—Catarino, dicen que el balazo le entró en la nuca, que le dispararon por atrás, que fue de cercas. La gente de Valadez dice que o tú viste o tú fuiste, que por eso te quitaron las armas.

"—No, Arnulfo, la verdad es que no sé si vi, todo estuvo muy raro, no te puedo contar. Pedroza me dio la orden de estar en silencio hasta que él aclare todo este asunto.

"—Pues entonces ándate con cuidado, porque aquellos dos hace rato que no te despegan la vista —dijo haciendo una seña hacia dos hombres que nos miraban desde lejos sin perder detalle, reconocí a uno de ellos, era de las escoltas de Navarro.

"Entonces decidí contarle a Arnulfo lo que había visto y lo que platiqué con Pedroza. Arnulfo se quedó pensativo y dijo:

"—Mal debe de andar la cosa si nos estamos matando entre nosotros, ese Navarro primero se libró a la mala del Catorce, ahora se despachó al padre Vera. Creo que el borrego que anda rondando por ahí trae algo de verdad; dicen que entre los altos jefes, hay gente que quiere llegar a acuerdos con el gobierno y que unos de los que les estorbaban eran Victoriano y el padre Vera. Andan limpiando el camino sin que nadie sospeche, por eso te quieren calladito, pienso que esos dos vienen a asegurar el encargo.

"—Ahora que lo dices también lo estoy pensando, creo que yo aquí le paro. Una cosa es defender a los padrecitos contra el gobierno y otra meternos en sus líos de sotanas. Si tú quieres seguir en esto no sueltes nada de lo que te he dicho, si no también te van a querer despachar, y cuídate de Pedroza, creo que él también está metido en este ajo; préstame tu cuchillo y distrae a uno de aquellos, ya sé cómo me les pelo.

"Mientras Arnulfo se acercó a sacarle plática a uno de los que me vigilaban, yo hice como que me encaminaba a hacer de mis necesidades, el otro se apuró a seguirme; di vuelta en la esquina del atrio, aquello estaba oscuro como la boca del infierno, me tapé entre las sombras y lo esperé con el cuchillo preparado. Mientras él trataba de encontrarme, le caí por la espalda, le tapé la boca y le dejé ir el puñal por la garganta. Sentí como le tronaba todo el gaznate, creí que me iba a quedar con la cabeza en las manos y que su cuerpo saldría brincado para dar la alarma, pero todo fueron figuraciones mías. Después de un rato se desguanzó y se quedó quieto, sin resuello. No esperé más, le quité su arma y salí a coger mi caballo antes de que me dieran alcance. Pasé los centinelas sin problema, dije que iba con un recado para el general Gorostieta. Ya en descampado, recordé que al general Pedroza le había dado mi nombre y de dónde era, estaba seguro que si regresaba a mi pueblo, irían a buscarme. No tenía lugar a donde ir, así que me encaminé a donde las tropas de Cedillo y me entregué y así me mandaron para acá."

Cuando Catarino terminó de contar aquello, los tres no quedamos callados, Prudencio tenía las manos apretadas, los puños se le veían blancos como si estuviera muerto.

—¡Hijos de su chingada madre! —Cuando levantó la cara, la tristeza se le escurría por las arrugas entre lágrimas, sacó su paliacate y se sonó la nariz—. Victoriano era más hombre y más derecho que todos eso cabrones juntos. Nunca me gustaron los putos catrines, si el diablo no se me adelanta, cuando salga de aquí les juro por mi madre que algún día arreglaré las cuentas con esos cabrones.

Desde ese día, Prudencio se volvió más callado, casi no salía de su celda, parecía fantasma. Pienso que el rencor le comía la vida.

Adentro los rumores de los arreglos se fueron haciendo ciertos. Calles había dejado la silla, ya no era presidente. Entró un tal Emilio Portes Gil y las lenguas decían que ese era más blandito y que estaba de acuerdo en respetar a los padrecitos y regresarles sus templos; eso a mí en algo me dejó tranquilo. Cuando don Gabino me pidió que me uniera a la causa, dijo que si defendíamos la religión y regresábamos los santos a sus iglesias, tendríamos las indulgencias para salvar nuestras almas del infierno.

Un mes después, con los arreglos, nos amnistiaron. Ya afuera, me enteré de que después de la muerte del padre Vera, Navarro pasó a formar parte del estado mayor de Gorostieta, ahí también hizo de las suyas, con engaños llevó al general hasta una hacienda cerca de la Barca, parece que los federales estaban avisados del movimiento. Les cayeron por sorpresa y mataron a todos, menos a Navarro que había abandonado el lugar antes del ataque. Muertos los jefes que se oponían y con el camino limpio, dos semanas después se firmaron los arreglos.

Los alteños y nosotros, los del Sur, éramos diferentes, ellos eran retobones y gritones, a lo mejor entre esa gritería se les metió el demonio, la envidia que se les enredó era más grande que su fe y su devoción a la Santísima Virgen, por eso empezaron las traiciones. Nosotros, los del Sur, éramos más callados, aunque igual de atravesados. Hacíamos pendejadas como la de Macedonio, pero nunca de mala sangre. El general Degollado era más sereno y justo, pero no se andaba con rodeos. En la División del Sur, yo no me di cuenta de las envidias, si es que las hubo.

Cuando los de arriba se pusieron de acuerdo, poco les importó lo que pensáramos la gente que nos habíamos jugado el pellejo por la santa causa, tampoco les hizo fuerza la cantidad de almas que habían caminado para el otro mundo.

Un día llegaron los padrecitos y sin más soltaron: "Ahora Dios dijo que siempre no, que todos deben dejar las armas, esta guerra ya se acabó". A los que andaban armados los hicieron que entregaran sus armas al gobierno: "Tanto por tu pistola, tanto por tu carabina y de regreso a tu casa"; a muchos no les gustó aquello y no las entregaron, aunque sí se regresaron para sus ranchos. A los más valientes los fueron cazando uno por uno. Otros más ladinos no cayeron en la trampa y siguieron en la lucha por años, pero muchos padrecitos ya no los apoyaban, otros sí, pero eran los menos. A los obispos que no andaban muy de acuerdo con esas componendas, los despacharon fuera del país, como al de por acá, monseñor Orozco y Jiménez, aunque según don José, él seguía dándose sus vueltecitas.

# El primer día

Prudencio no estaba muy convencido de regresar para su rancho, tampoco de jalarse para el monte, decía que si regresaba al pueblo le aplicarían el modus muriendi y que, después de ver cómo se las gastaban los alzados, tampoco creía en ellos, ahora cojo y tuerto sólo buscaría arreglar las cuentas con Navarro y Valadez y luego lo que Dios quisiera, dijo.

El día que salimos, don José me preguntó qué era lo que pensaba hacer. Le dije que todavía no estaba seguro, entonces me dio unas monedas y dijo que había pagado un cuarto por unas semanas en la vecindad de La Campana Roja, que estaba entre las calles de Reforma y Mariano Bárcenas, que si él necesitaba algo me buscaría. Yo no conocía la ciudad pero Prudencio sí, él había venido muchas veces a hacer mandados para la hacienda; Catarino tampoco tenía decidido para dónde jalaría, así que nos siguió.

La vecindad era muy grande, parecía un laberinto de patios. Los lavaderos estaban hasta el fondo, ahí estaba el cuarto que nos había rentado don José, no sé cómo pero la gente sabía que éramos de los amnistiados y eso no nos trajo problemas. Los vecinos eran gente religiosa, supimos que en la misma vecindad había estado trabajando a escondidas una escuela católica; a la vecindad le decían La Campana Roja porque a la entrada tenía una campana de ese color y en tiempos de la escuela la usaban como alarma. Cuando andaba cerca la policía, tocaban la campana como si estuvieran llamando a la portera y todos los chiquillos se escondían sin hacer ruido hasta que pasaba el peligro.

El cuarto que nos tocó era más chico que la celda de la prisión, la puerta era un tablón que en el día recargábamos contra la pared y, por la noche, tratábamos de que tapara la entrada para que no se metiera el frío o las lluvias de agosto. Al salir, a mano derecha, unos palos carcomidos detenían un techo de lámina lleno de agujeros que hacía las veces de cocina. Sólo teníamos un brasero que alguien había dejado por inservible. Estaba chueco, así que lo nivelábamos con piedras para poder hacer la lumbre, Catarino quiso tirarlo y comprar otro nuevo, pero Primitivo no lo dejó, decía que si tirábamos el brasero por chueco, al rato lo tiraríamos a él por cojo. Cómo extrañé a la vieja Eulalia. Por fortuna, ese primer día nos prestaron unos petates para que no durmiéramos en el suelo. Fue una bendición. Por la noche se soltó la tormenta, el agua que escurría a gotas entre las tejas empezó a formar en el piso hilos de agua que a poco se hicieron charcos; y si no hubiera sido porque enrollamos los petates en una esquina del cuarto y nos sentamos en ellos, habríamos terminado nadando en aquel lodazal. Nos quedamos repegados unos con otros para tratar de espantar el frío. Yo no podía dormir. Era mi primera noche fuera de la cárcel.

Mi cabeza se fue llenando de recuerdos igual que las gotas que escurrían por el tejado fueron formando arroyos y luego ríos.

Habían pasado más de tres años desde la noche aquella en que el señor cura Gabino nos dio su bendición y nos armó como cruzados de Cristo. Desde el día que cerraron el templo, don Gabino estaba escondido en casa de Gilberto. Aunque eso de escondido era un decir, él andaba para todos lados llevando el viático a los enfermos. Solo se detenía cuando llegaba algún borrego de que andaban cerca los agraristas o los federales, pero el día que en verdad llegaron nadie se enteró, cuando menos esperamos ya estaban casi en la plaza. Entraron por la calle del molino, venían bajando de la sierra, el señor cura por poco y choca con ellos, pero el capitán se hizo el desentendido y la tropa también; descansaron un rato en la presidencia municipal, dieron de beber a los animales y siguieron su camino como si el pueblo estuviera vacío. Por la tarde ya se rumoraba que había sido un milagro del Santo Niño de Amacueca, el señor cura platicó que en medio del trance se encomendó a él y que entonces este, con su gran poder, lo había cubierto con su capa para hacerlo invisible a los ojos del mal. Esa noche se rezaron rosarios de quince misterios para agradecer el milagro.

Al otro día, antes del amanecer, el señor cura me mandó llamar a su escondite.

—Mario, creo que lo de ayer fue una señal, el Altísimo y nuestra madre la Santísima Virgen de Guadalupe están dando oportunidad a este pueblo para que lave sus pecados. ¿No le crees?

Me quedé callado un rato tratando de encontrar las palabras.

—Primero la muerte de tus padres y tu hermano, luego la de los hijos de tu tía y por último la muerte de ella. Te has quedado solo en el mundo. ¿Sabes por qué tú aún estás aquí, muchacho? Después de lo ocurrido ayer, tuve una visión y de pronto todo quedó claro…

La cabeza parecía que me iba a reventar, la boca se me fue secando como si tuviera arena caliente. El padre había tenido la visión de mi pecado, agaché la cabeza y el aguadal se me vino por los ojos, no podía detenerlo, comencé a llorar como niño de pecho.

—¡Mario, tú aún estás aquí porque Cristo te tiene reservada una gran misión!

¿Quería que yo confesara mi pecado y que saliera de mi boca con todas las palabras del arrepentimiento desde el alma? Traté de detener las lágrimas y tomar fuerzas para poder decirlo, pero mientras más lo intentaba, más fuerzas me faltaban y más lágrimas me llenaban; el aire se negaba a entrar en mí. Me recargué contra la pared y me fui escurriendo hasta quedar sentado en el corredor. Sentía que la mirada del señor cura me mandaba a los más recónditos infiernos. Levanté los ojos y él me observaba desde la tranquilidad del que lo sabe todo.

—No llores, muchacho, no te has quedado solo, Cristo lo que quiere es que luches por él, es la santa misión que tiene para ti. Tu vida le pertenece y te otorga la gracia de ser uno de sus soldados, sólo él sabe cuántos darían la vida por estar en tu lugar. Hoy por la noche partes a reunirte con sus ejércitos. ¿No estás feliz?

El alma me fue regresando al cuerpo. Filiberto, el sacristán y su mujer me miraban desde el patio, la silueta del señor cura se empezó a dibujar con la claridad que a sus espaldas empezaba a llenar la calle, me levanté del suelo, sentí que dentro de mí algo nacía y me convertía en hombre, pero estaba equivocado.

—¿Qué piensas, muchacho, estás listo?

—Sí, lo que pasa es que yo nunca he sido muy bueno para eso de entender los que usted llama los designios del Altísimo, pero estoy listo.

—Muy bien, ve a arreglar lo que tengas pendiente. Sales hoy por la noche, te espero aquí a las seis de la tarde.

Ese día me la pasé recorriendo los rincones del pueblo, primero fui hasta la casa de mi tía, en el altar que había puesto a sus difuntos sólo faltaban las fotos de mi madre y la suya.

Después de la última misa la tía desapareció. Lo último que supimos fue que la habían visto caminando como ánima en pena entre lamentos rumbo a la barranca. La buscamos durante toda la tarde, hasta que la oscuridad nos atajó la intención. Al otro día, muy temprano, seguimos pero no encontramos nada, parecía como si se la hubieran tragado sus miedos. No fue sino hasta dos o tres días después que unos muleros encontraron su cuerpo entre las rocas del desfiladero, los zopilotes le habían comido los ojos. Les costó trabajo llegar hasta donde estaba, no pudieron subirla así que decidieron empujarla para que terminara su caída hasta el fondo. Ya ahí recogieron lo que quedó de ella; la envolvieron en un poncho, la terciaron en una mula y la trajeron al pueblo. Para entonces, los olores de la muerte le salían por todas partes. La velamos en el atrio del templo, no la pudieron velar adentro porque ya estaba cerrado por el gobierno, aunque con esos olores nadie hubiera aguantado tenerla en un lugar cerrado. Al otro día, antes de que el sol terminara de salir, le dimos sepultura. Así que de la familia sólo quedaba yo, y con las carreras para irme a la sierra no tuve la cabeza para buscar su foto y ponerla en el altar. De cualquier modo creo que no lo hubiera hecho, ella nunca quiso a mi madre y tampoco puso su foto entre sus difuntos.

Frente a su altar me despedí, me fajé mi cuchillo de monte y la vieja pistola de mi padre que sólo tenía dos balas. Pensé probarla para ver si tronaba, pero me arrepentí pues me quedaría sin defensa; anduve dando vuelta por el jacal para ver qué podía llevarme. Tomé una camisa, un calzón y unos panes de maíz para cuando el hambre apretara. Hice un bulto que amarré con una soguilla, le eché el maíz que quedaba a las gallinas y abrí el gallinero para que salieran. Dejé la puerta del jacal abierta y luego fui hasta el panteón a visitar a mi madre para pedirle su bendición.

Cerca de la hora me fui a la casa de Gilberto, ahí me esperaba Filiberto, me preguntó si no tenía miedo, le dije que sí, pero que si era lo que Dios quería que qué le íbamos a hacer. Cuando le pregunté si él no iba, me dijo que su papá no lo había dejado y que el señor cura le había dicho que su lugar estaba en el pueblo para ayudar a los que se quedaban. Luego me acompañó hasta la casa de Jesusa, ahí en el patio el señor cura ofició una misa, nos llenaron de agua bendita para protegernos y nos dieron unos escapularios recién santificados. Una mujer me entregó un sombrero con la estampa del Dulce Nombre de Jesús cosida en el ala, luego no supe de dónde sacaron carabinas, pistolas y carrilleras bien abastecidas y nos entregaron una a cada uno de los nuevos soldados de Cristo.

Lupe, Medardo, Candelario y yo nos fuimos para el monte a unirnos a la causa de Cristo Rey, convencidos de que así salvaríamos nuestras almas del infierno y pagaríamos por los pecados del pueblo.

Pasamos casi tres años revolcándonos a diario con la muerte, mirándola a los ojos, sintiendo su resuello en la nuca y sus manos huesudas acariciarnos los ijares. En ese tiempo ellos expiaron sus pecados, amainaron sus culpas y lograron la palma del martirio. A ellos el pueblo los recuerda como los santos que dieron su vida por defender la religión y la libertad, pero yo aún estoy aquí, mis culpas y mis grandes pecados no fueron perdonados, mi cobardía quedó escondida de la vista de los mortales, allá en el monte se la comieron los zopilotes, junto con las entrañas del Capulín y de Chema. Mi silencio los condenó a la muerte; aquella noche, cuando miré que las sombras rodeaban el campamento, no tuve fuerzas para disparar, el demonio me tapó la boca y me hice su cómplice, todos dormían, yo cerré los ojos y velé su muerte. No fue traición, fue miedo.

Los recuerdos me iban llenando por dentro, como agua. Desde muy lejos, me sorprendió el recuerdo de

Beatriz, sentí como si de aquello hubieran pasado demasiados años.

"Era el trece de agosto del 25, Beatriz parecía dormida, su cara blanca hacía juego con la azucena que tenía entre las manos, abrió los ojos, se sentó y me entregó aquella flor, sin temor la acepté, me sonrió, olí de nuevo su cabello fresco con olor a café. Ahora soy el muerto, me llevan en andas, Beatriz acompaña a mi madre, las dos lloran, escucho el tronido de los cohetes, pasamos frente a la iglesia, el señor cura está en el atrio acompañado por Filiberto, los dos ríen a carcajadas y señalan hacia el cortejo, mi hermano es el que lanza los cohetes, miro todo aquello desde arriba, por fin llegamos hasta el panteón, mi madre y Beatriz me ponen en la caja, la fosa está excavada, antes de colocar la tapa, llegan Lupe, Medardo, el Capulín y Chema, me miran, empiezan a reír, ahora se burlan, a jalones me sacan del cajón, luego llega el viejo Macedonio con sus hijos, tras ellos una multitud, agraristas y federales, a golpes y tirones me expulsan del camposanto, salgo huyendo, mi madre y Beatriz me miran desde lejos…"

Un trueno hizo que el cuarto se sacudiera. Desperté. Afuera la lluvia arreciaba. Primitivo y Catarino seguían durmiendo. La próxima semana cumpliría Beatriz cuatro años de muerta y mi madre los cumpliría después. Más tarde, cuando amaneció, le dije al Tuerto que había decidido regresar a Amacueca.

Por la mañana llegué hasta las Nueve Esquinas, por el mesón del Tepopote, ahí abordé un destartalado camión con rumbo a Sayula. Cuando tomamos por el camino real a Colima, pasado un rato entre el traqueteo del camión, unas viejas comenzaron a rezar un rosario. Con el sonsonete de sus voces traté de recuperar el sueño que no había podido agarrar aquella noche, mis pensamientos seguían rondando sin dejarme en paz. Regresaba al pueblo luego de una lucha en la que no quedaba claro si lo que habíamos ganado había valido la pena. Ni siquiera sabía si en verdad habíamos ganado, tampoco tenía respuestas para los padres de los muertos. ¿Por qué ellos y no yo? Remordimientos y dudas era lo único con lo que regresaba; cuando llegamos a Techaluta estuve a punto de bajar del camión y regresar para Guadalajara, pero tampoco tuve el valor para hacerlo.

Al llegar, el pueblo aún no terminaba de despertar de la siesta, fui el único que bajó del camión, la plaza estaba vacía, eso me dio tranquilidad, no tenía que dar explicaciones.

Las puertas de la iglesia estaban cerradas, como la noche en que me fui. Aquí estaba de regreso, con mi atado de ropa, pero ahora sin armas, sin bendiciones, ahogado en culpas, había perdido todo, también el alma, con la vida gastada y la muerte a flor de piel. Había sido vomitado por el infierno y eso no merece homenaje.

El pueblo me observaba en silencio tras las ventanas, sentía las miradas a mis espaldas. Sin levantar los ojos del suelo seguí los pasos de mi sombra hasta llegar al cementerio, caminé entre las tumbas hasta el lugar donde recordaba que habíamos enterrado a Beatriz, pero no encontré nada. Caminé por los alrededores leyendo las inscripciones hechas de prisa sobre trozos de madera que se obstinaban en parecer cruces. Llegué a la tumba de mis padres: "Familia Mojica 9 de septiembre de 1925". Era la fecha del aguadal. Muchas cruces tenían la misma fecha, sólo cambiaban los nombres. La tumba de Beatriz no apareció. Entonces recordé cómo a la muerte de Epifanio y después de dos días de estar colgando en la plaza, el señor cura ordenó que lo bajaran y lo llevaran a enterrar fuera del panteón y que desenterraran a Beatriz y la sepultaran con él bajo un mezquite, lejos de tierra sagrada. Ahí quedaron padre e hija, la gente no protestó; yo no quise ver aquello y me fui hasta mi jacal cargado de impotencia y, con el coraje metido entre los ijares, me obligué al olvido.

Era extraño, pero parecía que mi lugar fuera ese, me sentía tranquilo, los remordimientos se habían apaciguado. Era como si en el camposanto me encontrara entre los míos, sabía que hacía tiempo que yo debería estar ahí.

—Sí, los muertos descansan más tranquilos que los vivos. ¡Quién fuera ellos! —La voz me regresó al mundo, no podía reconocer a aquel hombre—. Vengo todas las tardes a este lugar, es la única forma que hallé de apaciguar mis voces, sólo aquí se silencian, ha de ser para dejarme hablar con mis difuntos; los viejos nos vamos quedando solos, el mañana se nos acaba poco a poco y con cada propio que enterramos el pasado se nos va cargando de tierra y nos cuesta más trabajo respirar acá arriba. Con ellos enterramos parte de nuestros recuerdos, las palabras se van acabando para los vivos hasta que te quedas en silencio. No sé si porque no sabes qué decir o porque te das cuenta de que ya no hay razón para decirlo. Sólo los muertos entienden… ¿Tú me entiendes, verdad?

No supe qué responder, el ala del sombrero le cubría los ojos, la voz era triste, suave pero a la vez clara, parecía envolver aquella soledad, hablaba como masticando cada palabra, su boca aún conservaba algunos dientes amarillentos.

—Eres Mario. ¿No? —Afirmé con la cabeza—. Lo sabía desde que te miré dando vueltas entre esta gente. Luego divisé que te parabas donde están tus difuntos; no me acerqué de pronto para que pudieran arreglar sus asuntos.

Nos quedamos en silencio.

# El cura

Pasé el resto de la tarde entre aquella gente, el cielo se había nublado, una llovizna comenzó a caer.

Las campanadas de la iglesia dieron la primera llamada para al rosario. Después de un rato salí del camposanto y me dirigí hasta la tumba de Beatriz. Bajo el mezquite sólo un montículo cubierto de hierba crecida indicaba el lugar, ninguna otra señal marcaba su tumba.

La lluvia arreció, el sonido de sus pesadas gotas sobre la hojarasca parecía marcar el ritmo de mis penas, desde la sierra bajaba el sonido de la tormenta.

Me encaminé hacia el pueblo, la noche había caído de golpe, me había convertido en una sombra que se arrastraba por la calle, crucé el atrio del templo, el rezo de las mujeres se extendía como un tejido de lamentos entre la lluvia. Al llegar a la puerta me quité el sombrero, el lugar estaba casi a oscuras, las pocas velas encendidas resaltaban las sombras de las mujeres en oración; avancé por el pasillo central, cada paso hacía crujir la madera bajo mis pies. Desde el púlpito un hombre dirigía el rosario, no era el cura Gabino. De pronto noté que aquello se llenaba de silencio, sentí que las mujeres me miraban desde la oscuridad de sus rebozos... Después de un momento el rezo continuó:

De tus purísimos ojos penden nuestras felicidades,
míranos, señora, y no nos desampares.
Señor, ten piedad de nosotros.
Cordero de Dios, que borras el pecado del mundo,
ten piedad y misericordia de su alma.

Aquel rosario estaba dedicado a mí, a las ánimas del purgatorio. Un aire frío me recorrió el cuerpo, sentí la muerte resucitarme por dentro, con el miedo en los hombros caminé hasta la sacristía.

Largas sombras danzaban sobre las paredes. Me faltaba el aire. Crucé hasta el patio interior, al fondo pude distinguir la luz de una vela, traté de calmarme. Era la hora de confesar todos mis pecados, de vomitar aquel aguadal amargo que me había llenado y podrido las entrañas.

Llegué hasta la puerta sin atreverme a entrar, desde ahí pude ver al señor cura con la cabeza recostada sobre la mesa, el olor agrio de la habitación me golpeó de lleno, un relámpago descargó su luz en el lugar, pude ver la mano de don Gabino tratar a tientas de alcanzar, sin conseguirlo, una botella de aguardiente vacía que había rodado sobre la mesa; lejos de él, las cascaras de una granada a medio comer completaban la imagen. El sonido de un rayo hizo temblar la tierra. Cerré los ojos y respiré hondo para tranquilizar mis miedos.

—¿Mario? —la voz a mis espaldas me tomó por sorpresa.

—¿Sí?

—Soy Filiberto, te vi pasar cuando rezábamos el rosario, de pronto no te reconocí, me figuré ver un aparecido, por eso corté la letanía, no sé si te fijaste.

—¿Tú eras el del púlpito?

—Sí, como ves el señor cura no está muy bien desde que lo mandaron llamar a Guadalajara para lo de los arreglos. Al regresar era otro, nosotros lo ayudamos en lo que podemos, pero… ¿qué más? Hoy, cuando se supo que habías llegado, primero dijo que no quería verte, después empezó a preguntar por ti. No sé si sea bueno que le hables… Tú verás.

Filiberto se dio la vuelta y cruzó el patio rumbo a la salida, escuché el pesado portón al cerrarse, la lluvia caía con más fuerza, la respiración pesada de don Gabino me recordó las agonías de los heridos. Me fui acostumbrando a aquella oscuridad danzante de la vela a punto de extinguirse.

En la habitación, decenas de botellas vacías regadas por el piso, algunas, las menos, sostenían restos de velas consumidas hace tiempo, en el fondo una cama sin arreglar. El calor en la habitación era sofocante, el tufo a sudor añejo, alcohol e incienso me fue llenando. Traté de salir pero mi voluntad se resistió, no tenía el valor de huir ni de entrar.

—¿Eres tú, Mario? —No respondí, él habló sin levantar la cabeza, luego murmuró algo que no pude entender, balbuceaba, parecía hablar en medio del sueño—. ¡Te estoy hablando, muchacho! ¿Aún estás ahí?

Sin levantar la vista, estiró la mano hasta alcanzar la botella vacía que estaba sobre la mesa y la lanzó contra una de las paredes, el sonido de los vidrios rotos me sobresaltó, de nuevo pensé en salir de ese lugar pero mis piernas no me respondieron.

—Te estaba esperando…, sí, hace tiempo que te espero. Cuando trajeron los cuerpos de tus compañeros, sabía que tú faltabas. Tenía la esperanza de que llegara la noticia de que te habían encontrado en el monte colgado de un mezquite. Pero luego con tristeza supe que te tenían preso en el penal de Escobedo.

El pabilo de la vela terminó por agotarse; nos quedamos a oscuras. Don Gabino se convirtió en una sombra que trataba de levantarse como animal herido, hizo dos intentos pero no lo logró, traté de ayudarlo, pero él lo impidió.

—¡No te acerques! —gritó estirando su brazo para alejarme—. No intento huir, te he dicho que hace tiempo que te esperaba. —Con pasos torpes se encaminó hacia el ropero, de uno de los cajones sacó una vela a medio consumir y un envoltorio que puso sobre la mesa—. Enciéndela y siéntate —me dijo al tiempo que hacía rodar la vela sobre la mesa.

Obedecí. La luz tomó fuerza, noté en su cara que la muerte había empezado a morderle las entrañas.

—Cuando les pedí que pelearan por Cristo creí que era una causa justa, que peleábamos por tener una patria en donde reinara la religión católica y que cualquier acción era válida para conseguirlo. Muchos pensábamos así y, tomando como justificación las Sagradas Escrituras, aceptamos lo que antes prohibíamos, bendijimos las peores atrocidades en el nombre de esa causa que nos parecía divina, pero al final de todo aquello entendí que la única verdad que sostenía el movimiento era la mentira. La guerra es el arte del engaño y yo en conciencia le mentí al pueblo, les mentí a ustedes, no me importó mandarlos a revolcarse en el infierno. Nosotros, y no el gobierno, cerramos los templos por órdenes de los obispos para levantar al pueblo. Es verdad que ellos me utilizaron, pero yo lo sabía y utilicé la causa para apaciguar mis rencores, dispuse de muchas vidas inocentes, Epifanio no tenía culpa, tampoco su mujer, pero al ver a aquella multitud enloquecida moverse bajo mi voluntad, sentí lo que es tener el poder de aconsejar a la muerte; ella no es exigente, dispone de lo que encuentra a su paso. Cuando vinieron los de la Liga a pedirme parque, yo les ofrecí vidas y los envié a ustedes. Al principio ellos no querían pero después se convencieron. ¿Qué por qué a ustedes? Por rencor, a Lupe y a Medardo para escarmentar a sus padres que eran muy amigos de aquel profesor ateo que nos mandó el gobierno, a Candelario por culpa de su madre, ella siempre andaba husmeando para saber si alguien ponía la cabeza en mis almohadas, y a ti porque estabas sólo, a nadie le hacías falta. Traté de olvidarlo pero nadie manda en su memoria, sólo la engañamos por ratos. Los hombres somos extraños, Mario, cometemos los peores crímenes, las peores aberraciones contra Dios y contra nosotros mismos sin pensar demasiado en las consecuencias, hasta que un día terminamos por darnos cuenta de que ya sólo somos muertos que nos negamos a dejar este mundo. Pero los muertos siempre regresan y nuestras víctimas son las más persistentes.

Ahora tú estás aquí, regresas como regresan ellos todas las noches a cobrarme su vida con lo que me queda de alma… si es que aún la tengo.

Temblando tomó el vaso que estaba sobre la mesa y se lo llevó a la boca, pero estaba vacío, se levantó y fue de nuevo hasta el ropero, sacó una botella de aguardiente, la destapó y dio un largo trago, luego se paró frente a mí.

—Por fin terminaremos con esto.

Tomó el envoltorio que había puesto sobre la mesa y sacó de él una pistola. La llama de la vela se reflejaba en el metal, afuera la lluvia seguía cayendo con fuerza, el frío de la noche se restregó en mi espalda y los vellos de la nuca se me erizaron como aquel día en la hacienda de Agua Blanca. Traté de levantarme pero él me puso su mano sobre el hombro, me quedé quieto, colocó el revólver frente a mí sobre la mesa. Temblando tomó otro trago de la botella.

—Como ves los engañamos a todos, hasta a él —dijo señalando al crucifijo colgado al otro lado de la habitación—, aunque en verdad creo que ya no le interesamos. Dios, si algún día estuvo con nosotros, hace tiempo que debió de darse cuenta de que somos estercoleros, seres taimados que nos regodeamos en nuestra propia inmundicia. Cuando se regresa de entre los muertos y se abandona el infierno, nunca se debe volver la vista hacia atrás, para no convertirse por siempre en uno de ellos; al volver aquí, tú lo has hecho. Mario, ¿para qué regresaste? Aquí ya no tienes nada.

—Vine al pueblo porque quería visitar a mis muertos, luego llegué hasta aquí porque quería confesarme con usted, yo soy el culpable de todo esto —le dije tratando de aparentar aplomo.

—¿Confesarte? Imbécil, ¿confesarte tú de qué? ¿Culpable? La gente te cree héroe, pero entiende: eres sólo una víctima de esta guerra que no acaba de terminar. No te confesaré, a nosotros nos engañaron y nosotros engañamos; ellos nos traicionaron y ahora piden que nosotros los traicionemos a ustedes, que rompamos el secreto de confesión y que los denunciemos, que los excomulguemos; quieren que les ayudemos, en nombre de la paz y de la religión, a terminar con los rescoldos de la rebelión que por nosotros iniciaron; mejor vete.

Yo seguí sentado sin lograr sacarme la sorpresa de encima. Tomó la pistola y me la entregó, de un trago vació lo que quedaba en la botella, tambaleante quedó frente a mí.

—Por tu hombría, termina de una vez y regresa por donde viniste.

La lucha lo había convertido en un hombre sin fe. Engañó y traicionó sin creer realmente en la causa de la Santísima Virgen, ahora le faltaba el valor para terminar con su historia.

El señor cura se había transformado, sus manos temblaban, la respiración era la de un caballo a punto de reventar, sus ojos mostraban el infierno de sus entrañas.

—¿No me has escuchado? ¿Acaso no entiendes que los traicioné? ¡Que todo esto fue una farsa!

Me levanté de la silla, quedamos frente a frente, era un poco más bajo que yo y apenas me daba cuenta.

—No tiene caso, Gabino, usted y yo hace tiempo que estamos muertos, sólo que usted no termina de aceptarlo.

Dejé la pistola sobre la mesa, él me observó con rencor y lanzó la botella contra la pared, empezó a reír, primero entre dientes, luego a carcajadas, los ojos se le llenaron de lágrimas.

—¡Muerto Dios! —comenzó a gritar—. ¡Muertos los obispos, muerta la Iglesia! ¡Muerto yo!

Con la vista perdida se derrumbó sobre la silla y se quedó en silencio, luego se recostó sobre la mesa con la cabeza escondida entre los brazos y comenzó a sollozar, por largo rato me quedé de pie observándolo, hasta que se quedó dormido y la vela acabó de consumirse. Salí del lugar en medio de la oscuridad, la lluvia había amainado. Caminé por los callejones hasta la ruinas de mi jacal, el olor a la hierba húmeda me removió la nostalgia y como pude traté de agarrar el sueño. Ahí ya no tenía nada por hacer. Antes de amanecer, bordeando el pueblo me encaminé rumbo a Sayula, de ahí regresé a Guadalajara.

Dos días después, en la ciudad, me encontré con la novedad de que don José había mandado buscarme y, como no me encontró, Prudencio se apersonó en mi lugar, el papá de Carolina le dijo que si pensábamos quedarnos algún tiempo en la ciudad sería mejor que tuviéramos algún trabajo. A él lo mandó con un conocido para que le ayudara en una carbonería, allá por las calles de Faustino Ceballos y Colón. A Prudencio le vino bien, pues en la esquina de la carbonería estaba El Canaima, una cantina a la que religiosamente pasaba para empinarse sus alcoholes cada que la tristeza lo apretaba. Prudencio y Catarino tenían noticias de que en sus pueblos el modus muriendi hacía difuntos entre los combatientes que regresaban a sus querencias, era algo que se sabía de boca en boca.

Al otro día temprano fui con don José, a él no le gustó eso de que llegara sin avisar, me citó para más tarde. Cuando estuvimos solos, me preguntó por mi ida al pueblo, aunque siempre sospeché que ya sabía todo, le comenté que yo, allá, no tenía nada que hacer. Sólo movió la cabeza y dijo:

—Hay gente que ha perdido la fe en esta lucha, pero en esto de la guerra hay batallas que se pueden perder o ganar, lo que importa es seguir la guerra, al final, no sé cuándo, espero que pronto, Dios pondrá las cosas en su lugar y entonces tendremos un gobierno temeroso de las leyes divinas. No debemos perder la fe, Mario. No somos nadie para juzgar las acciones de los obispos, ellos conocen mejor que nosotros los designios del Señor; la lucha sigue, sólo hemos cambiado de estrategia. Debemos aparentar que las cosas se arreglaron y seguir trabajando para desenmascarar a los apóstatas, a los herejes, a los masones y a los comunistas que amenazan nuestra religión y se han apoderado de nuestra patria.

Aquellas palabras de don José me sorprendieron, yo no sabía de qué lado estaba él, pero sabía que estaba en lo correcto.

Me entregó un recado para que lo presentara con la señorita Verónica. Quería que le ayudara a administrar una bodega, eso me preocupó, yo no sabía nada de números, pero al poco él me tranquilizó:

—Sé que no sabes nada de administración pero no te preocupes, yo te iré diciendo cómo. Tienes lo más importante, eres fiel, temeroso de Dios y honrado. —Me pidió que hiciera un buen trabajo, luego dijo—: La señorita Verónica es casi una santa, una mujer muy valiente y a la que la causa le debe mucho.

El lugar estaba por la calle Independencia, cruce con Zaragoza, frente al mercado Corona. Llegué ahí al otro día, traté de estar temprano, eran como las siete de la mañana. El ajetreo era como en la vendimia de la pitaya: gritos y discusiones por todos lados. El rugido de los camiones hacía que desde los comercios la gente tratara de hacerse oír. Los mecapaleros corrían por todos lados descargando la mercancía de los camiones, mientras los choferes discutían con los agentes para que los dejaran parar más tiempo en la calle. Aquello me recordó las movilizaciones antes de las batallas.

Me sentía extraño, parecía estorbar en todos lados, "ahí va el golpe, si no ayudas no estorbes, carranclán"; yo trataba de arreglármelas de la mejor forma en medio de aquel hormiguero.

Cuando encontré la dirección, traté de hacerme paso entre una fila de mecapales:

—A ver, joven qué va a llevar.

La voz me transportó de regreso hasta el pueblo, a la tienda de Epifanio. La mujer me miró un momento, como si quisiera reconocerme, luego prosiguió:

—¿Qué va a llevar, joven?

—Busco a la señorita Verónica —dije aturdido, me observó de arriba abajo, la mirada fría pareció cortarme por la mitad.

—¿Quién la busca?

—Me manda don José.

—¿Qué don José?

—Morales; don José Morales, me dijo que buscara a la señorita Verónica, que ella ya estaba enterada.

Me miró de nuevo y en su cara me pareció distinguir una sonrisa que se borró casi en el mismo momento en que nacía.

—Bien, pasa allá adentro, no estés estorbando ahí. En cuanto me desocupe voy —dijo mientras señalaba hacia el fondo del local.

El lugar era un viejo galerón con altos techos de teja. En él se amontonaban algunos mecapales con verduras, otros con limas y algunas arpillas de papas, el olor a la fruta pasada llenaba los rincones. Al fondo, en desorden, cajas y costales vacios. Dos hombres se ocupaban en acarrear con rapidez los pedidos que la señorita Verónica hacía a gritos desde afuera. No me miraban, sus sombreros de ala ancha les cubrían los rostros, parecía que al haber entrado a ese lugar yo hubiera desaparecido. Pronto me di cuenta de que la espera sería larga, acomodé en un rincón unos costales y me preparé para engañar al tiempo. La imagen de Beatriz llegaba por momentos, su cabello oloroso a café cobijaba mi soledad. A medida que llegó la tarde, el ruido fue amainando, el griterío se convirtió en rumor, luego en silencio, también los ayudantes desaparecieron.

Cuando aquello quedó casi muerto, pude ver la delgada silueta de la señorita Verónica recortada sobre el fondo de la calle. Recordé lo grande que se miraba la silueta del padre Gabino el día en que en la casa de Filiberto me mandó a luchar por Cristo Rey.

—Entre tanto alboroto ya te me habías olvidado, hasta que antes de irse los mozos me recordaron que aquí estabas. Y bien…, tú dirás.

—Ayer estuve con don José y él me mandó con usted para que le ayudara aquí en el negocio.

—¿Y de cuándo acá me hablas de usted? Ni que no nos conociéramos, está bien que la última vez que nos vimos eras un niño siempre chamagoso aunque muy enamorado. Me acuerdo de cómo te quedabas embobado con la Beatriz, eso nos hacía a las dos mucha gracia.

Por eso ella te correspondía con una pieza de piloncillo, ¿recuerdas?

Al decir aquello, su mirada pareció irse muy lejos. Por la oscuridad del lugar no pude distinguir si sus ojos se llenaron de lágrimas, pero podría asegurar que sí, pues así lo hicieron los míos. Esos eran recuerdos de antes del infierno y, aunque los quería, siempre que regresaban hacían que el aguadal me inundara por dentro.

—Pareciera que ha pasado tanto tiempo —dijo mirando hacia el suelo—, pero no, sólo han sido cuatro años. Aquello nos cambió a todos la vida o más bien siempre he pensado que nos la quitó, cuando me avisaron de que mi madrina Cecilia estaba en Sayula y que habían quemado la casa y el comercio, me fui para allá a recogerla, ella nunca regresó de aquel día, cuando llegamos aquí pasaba las horas esperando que entraras por la puerta con Epifanio, se imaginaba que tú habías regresado al pueblo por él, al pasar las semanas terminó perdiendo su extraviada esperanza. No volvió a hablar, deambulaba por la casa como ánima en pena, por las noches, entre sueños, te llamaba, quería que descolgaras a su marido y lo trajeras con ella. El día que murió estuvo preguntando por Beatriz, había borrado de su mente la muerte de su niña.

—Sí, Beatriz acaba de cumplir cuatro años de que… —Mis palabras me tomaron por sorpresa, decidí callar.

—Tienes razón, es mejor dejar que los muertos descansen —dijo Verónica—. Mañana te espero aquí a las cuatro de la mañana. A esas horas inicia aquí el día, me dijo don José que te estás quedando en La Campana Roja, ya hablaremos de tu paga.

## Verónica II

Los días pasaban, don José me entregó un libro en el que tenía que anotar lo que se pagaba por las compras y lo que se vendía en el día, todos los gastos tenían que quedar registrados, "debe" y "haber", también ayudaba a despachar a los clientes, sobre todo los martes y los jueves, esos eran los días en que Carolina y su mamá pasaban por el mercado, yo no podía desaprovechar la oportunidad para verla y cruzar algunas palabras con ella. Después de un mes, un jueves me llené de valor y les pedí permiso a Carolina y a su mamá para acompañarlas a la misa del domingo, ellas estuvieron de acuerdo pero faltaba don José. Todos los sábados después de cerrar el negocio pasaba por la casa de él para que revisara las cuentas y una vez al mes me acompañaba Verónica, mi trabajo parecía tener contentos a los dos; ese sábado le tocó ir conmigo, después de revisar las cuentas, y, ya de salida, me animé a hablar con don José. Recuerdo que después de despedirnos me quedé parado esperando a que Verónica saliera del despacho, tomé aire, me paré muy derecho y le dije:

—Don José, quiero pedirle su venia para acompañarlos el domingo a misa.

Él se me quedó mirando, luego, dando una larga fumada a su cigarro, tomó tiempo para pensar su respuesta:

—Mario, estás aprendiendo rápido, eres un buen muchacho, no tienes vicios, pero aún falta mucho camino por recorrer, si quieres acompañar a la familia a misa estoy de acuerdo, pero a la familia.

A pesar del último remate quedé satisfecho con su respuesta, me quedaba claro que la laguna de Sayula no se había secado en un día.

Por esos días todo parecía ir bien, las pesadillas habían casi desaparecido, Catarino trabajaba ayudándonos a cargar en el negocio y mi paga era suficiente, entre los tres pudimos pagar la renta de unos cuartos más decentes cerca de la entrada de la vecindad.

Algunas veces por la tarde Catarino y yo nos íbamos caminando hasta la carbonería donde trabajaba Prudencio, nos divertía verlo salir como chamuco arrepentido, todo tiznado, a él no le importaba.

Una vez que el diablo debió de andar suelto nos metimos al Canaima a tomar unos tequilas amargos. Hasta ese día yo sólo había entrado ahí una o dos veces con Prudencio, esa vez nos acomodamos en la barra, platicábamos de nuestras cosas del pueblo, de pronto, sin saber por qué, un hombre que estaba del otro lado frente a mí llamó mi atención: el hombre no tenía nada de extraño, tomaba solo, metido en sus pensamientos, sin poner atención a nada y sin meterse con nadie, de pronto se quitó la chaqueta, la puso sobre la barra y al empinar su aguardiente lo noté: "Un lunar negro, del tamaño de una pezuña de mula, en la mano derecha". La voz del Mochito retumbó en mi cabeza como si lo estuviera escuchando hablar ahí mismo. Traté de hacerme disimulado para no llamar su atención. Quise olvidar el asunto pero la voz del Mochito seguía ahí: "Jura que me harás justicia". Recordé mi juramento, habían pasado casi tres años de aquello, "en los juramentos se enreda el alma", repetía el Mochito.

Ya no pude estar en paz, por más que intentaba hacer el disimulo, no podía despegar la mirada de aquel hombre, era tal como lo había descrito el Mochito: un bigote muy fino, bien rasurado, los ojos negros y fríos como carbones apagados, parecía una serpiente dispuesta a atacar. Él debió de sentir mi inquietud pues luego de un rato tomó su chaqueta, pagó y salió, no sin antes mirarme de reojo, sus movimientos eran lentos, calculados; dio una palmada a la espalda de Prudencio, que levantó la mano en señal de despedida. Eso me dejó escaldo.

—¿De dónde conoces a ese hombre, Tuerto?

—Pos de aquí. ¿De dónde a de ser? Después de un tiempo terminas por conocer a todos.

—¿Sabes quién es, Tuerto?

—Tanto como saber quién es no, una vez me pidió un cigarro y creo que hasta un trago me invitó, pero hasta ahí. ¿A qué viene tanta preguntadera sobre ese cabrón, no me digas que ya te está gustando?

—No seas pendejo, Tuerto. —Entonces dudé en platicarle la verdad, no sabía cómo iba a reaccionar—. Me pareció conocido, es todo.

—Pues si te vieras la cara, parece que viste al mismísimo Lucifer.

Ya no dije nada, apuré mi amargo.

—Creo que mejor nos vamos, ya es hora de agarrar rumbo.

Pero Catarino y Prudencio decidieron quedarse, yo salí y me fui caminando hasta la vecindad, en el cuarto la cabeza me seguía dando vueltas y no eran los tequilas, era la inquietud. Si ese hombre era el capitán Mendoza, tendría que tratar de cumplir con el juramento y si él me salía más gallo y me enfriaba primero, pues yo ya había cumplido. ¿Pero qué necesidad? Ahora que las cosas se estaban acomodando, eso me pareció la señal de que en verdad estaba condenado; así pensando me quedé dormido.

En medio de la noche me despertaron los ronquidos de Catrino, de ahí ya no pude agarrar de bien a bien el sueño, la cara de Chema se me aparecía en cuanto cerraba los ojos, siempre diciendo: "Tú lo juraste y jurar enreda el alma". La espera no fue larga, se dio la hora de salir para la bodega, estaba lloviendo, desperté a Catarino y enfilamos al mercado.

Todo el día anduve distraído, a la hora de cerrar Verónica me atajó:

—¿Pues qué traes ahora?, andas como ánima en pena —dijo volteando para otro lado como para no dar importancia a su dicho.

—Nada, sólo que, como dijo el cura Gabino, esta maldita guerra no acaba por terminar.

—Eso es verdad, pero ¿de cuándo acá eso te cambia el ánimo?

Se quedó callada y como si dudara me pidió que la esperara, salió de la bodega; mientras Catarino y yo cerramos el portón grande y dejamos emparejado el portón chico le dije que se fuera, que Verónica y yo teníamos cosas que arreglar, la calle estaba solitaria, en todo el día la lluvia no había dejado de caer. Cuando ella regresó preparó una olla con café y nos sentamos en unos equipales viejos, luego, como si lo que fuera a hacer le causara desasosiego, preguntó:

—Nunca te lo he preguntado, pero… ¿cómo te metiste en esta guerra?

Le platiqué casi toda la historia, desde el día en que nos subimos al monte, hasta el encuentro con el capitán Mendoza. A veces movía la cabeza con molestia, noté que cuando hablaba de don Gabino le llegaba el enojo, otras veces afirmaba como si estuviera de acuerdo con lo hecho. Al terminar, preguntó:

—Entonces, ¿así conociste a don José?

No le había contado todo, dejé fuera aquello de los juramentados de la U y lo de los recados, también que don José y Carolina tenían otros nombres, él siempre me había dicho que mientras menos supiera la gente era mejor. Ella se me quedó mirando, tomó el paquete de cigarros que tenía sobre el chiquigüite que nos hacía las veces de mesa, sacó un cigarro y lo encendió, yo nunca la había visto fumar, me causó curiosidad, ella miraba hacia el vacío como pensando, luego le dio un calada al cigarro y me soltó el humo en la cara mirándome a los ojos.

—¿Conoces a Virgilio, has oído hablar de Daría?

La pregunta me agarró de sorpresa, tomé la cajetilla y también encendí un cigarro mientras trataba de pensar lo que debía contestar. Entonces pensé que si la causa le debía mucho, ella sabría algo de aquel asunto.

—Depende de quién pregunte —contesté—, a ti te diré que sé algo, pero no sé cuánto, a veces llevo recados, la última vez me mandó al Salto para llevar un sobre, pero no pregunto, otras llevo o traigo paquetes al arzobispado.

Verónica asintió, seguía pensativa, como si quisiera contar algo que no debiera, le dio otra fumada a su cigarro. Era una mujer muy delgada y fuerte, dedos finos, ojos pequeños muy zarcos que dejaban ver a una mujer decidida, en aquel tiempo tendría unos treinta años, muy blanca, siempre vestía de negro, los días de fiesta usaba una mantilla blanca.

—Sí, Mario, esta guerra no termina, sólo tiene otra máscara —dijo por fin, ahora su voz era más clara, pero triste—. Nos cambió la vida a todos, mírame a mí, terminé enredada en una guerra que no me interesaba y, lo peor, del lado de los que más desprecio. Ellos han marcado toda mi vida, primero despreciando a mi madre por tener una hija sin padre, luego a mí por no ser como todas, después maldiciendo y condenando a la persona que más he querido, nuestro amor era limpio, a ti te consta, Beatriz también me quería, nosotras no hacíamos mal a nadie, luego a Cecilia, mi madrina, ver morir a Epifanio en manos de esa turba azuzada por el cura la llevó primero a la locura luego a la muerte. Gabino sembró el odio contra la familia por su falta de hombría. El día en que murió Beatriz, en la mañana, cuando mi madrina llegó hasta la habitación de Beatriz y abrió la puerta, la encontró colgada, a todos se nos cerró el mundo, Epifanio y uno de los mozos la bajaron, pero ya era tarde, yo hubiera querido haberme muerto con ella, pero sólo la vi de lejos, no me podía acercar. Un día antes el marido de mi madrina me había amenazado con matarme si me veía junto a ella. Estábamos las dos en la trastienda y comenzamos a jugar, una cosa llevó a la otra, nos dimos un beso y él nos sorprendió, se puso como un demonio, a mi niña la tomó de los cabellos y la sacó del lugar, de momento no supe lo que estaba pasando, traté de decir algo pero se me vino encima golpeándome con el fuete mientras gritaba maldiciones, en verdad parecía poseído, yo traté de cubrirme la cara pero aquella furia no terminaba, Beatriz regresó y trató de defenderme, pero a ella también la golpeó, parecía animal enloquecido, luego llegó mi madrina, ella logró calmarlo, pero el mal ya estaba hecho, todo había quedado a la luz, yo tendría que salir de aquella casa para no regresar y volvería a Guadalajara al otro día, Beatriz se encerró en su cuarto, a mi me dejaron pasar la noche en la troje, Juana la cocinera me llevó una manta y un vestido para que me cambiara, el que traía había quedado desgarrado. Al otro día, Epifanio no quiso que estuviera en su casa hasta la salida del camión y mandó a un mozo para que me llevara hasta Techaluta, pero cuando íbamos de salida por el portón del corral, oímos los gritos de mi madrina, todos corrimos hacia el patio de la casa. No me atreví a acercarme. Habían encontrado a Beatriz, cuando el cura llegó y vio lo que había pasado, se negó a darle los santos óleos a mi niña, mi madrina le rogó, le suplicó que salvara a Beatriz del infierno, pero él se negó, mi madrina hincada a sus pies lloraba desesperada, Epifanio sólo los veía en silencio, tenía los ojos enrojecidos pero no lloraba, Gabino miró a mi madrina y como si dictara una sentencia dijo:

"Tampoco la podrán enterrar en el panteón, los suicidas no pueden descansar en tierra sagrada", a Epifanio las venas del cuello le crecieron, parecía que le fueran a reventar, se abalanzó sobre él y de un golpe lo lanzó contra la pared, sacó la pistola, la amartilló y le puso el cañón en la boca al cura: "De aquí para adelante usted no se meta, si no quiere cumplir con su deber como sacerdote para salvar el alma de mi hija, ahora preocúpese por salvar la suya, viejo hijo de la chingada"; al cura parecía que los ojos se le salían, nadie se movió, mi madrina se levantó poco a poco, se acercó a su marido y tomando la pistola por el cañón se la quitó, luego, con voz tranquila como si nada de aquello hubiera ocurrido, dijo: "Mejor váyase, señor cura, creo que aquí usted ya no tiene nada que hacer, mi niña será enterrada mañana en el camposanto como Dios manda y será mejor que nadie trate de impedirlo, que pase buenos días". Apartó a Epifanio, y el cura se marchó. Eso nunca se los perdonó. Ahora veme aquí, como heroína de su causa. En medio de la tragedia nadie se fijó en mí, me encerré en le trastienda, a la hora del entierro observaba desde lejos, esperé a que todos se fueran. Tú fuiste el último, de pronto no entendía por qué te habías quedado. Cuando te fuiste encontré tirada sobre la tierra la botella del aceite del cura, entonces comprendí tus intenciones, eras un niño.

—¿Y eso de que digan que eres una santa? —pregunté.

—Eso fue un accidente, sucedió en el santuario. Era el 3 de agosto del 26, ese día cerrarían el culto. Al repique de campanas la gente se empezó a juntar fuera del templo, ya en bola se empezaron a envalentonar, gritaban vivas a

Cristo Rey y a la Virgen de Guadalupe y mueras al gobierno, algunos hombres comenzaron a seguir a la gente que pasaba por ahí y a exigirle que gritara con ellos, los que negaban terminaban aporreados, algunos con más suerte sólo huían apedreados, pero cuando llegó el piquete de gendarmes, la mayoría corrió tras las faldas de la mujeres como gallinas asustadas a esconderse dentro del templo; yo estaba observando divertida aquel sainete desde el jardín; pero sin darme cuenta quedé en medio de los dos bandos, el tenientito desaforado arremetió contra mí, me tomó de los cabellos y me tiró al piso y ahí en el suelo con el canto del sable me comenzó a golpear, cuando la gente se arremolinó sobre él para liberarme, sacó la pistola y empezó a disparar al aire, traté de huir entre la gente que corría asustada, pero el gendarme me siguió, en la confusión alguien puso en mi mano un puñal, seguí corriendo pero me alcanzó casi al llegar a la puerta del atrio, miré sus ojos desorbitados como caballo espantado, sentí su sudor agrio de miedo, se echó sobre mí y como última defensa le enterré el puñal no sé cuántas veces, sentí cómo su sangre caliente me empapaba las manos y la cara, cuando dejó de oponer resistencia le quité la pistola y el sable y me metí hasta el templo para tratar de calmarme. Ya adentro, el cura Yerenas me cubrió la cara y me llevó hasta la sacristía para que la gente no me reconociera, todos se atrincheraron en el templo, ahí tenían armas y parque, me cambiaron de ropa y cortaron el pelo, por la noche iniciaron las pláticas con el gobierno, acordaron dejar salir a las mujeres y a los niños, que habían quedado atrapados en la confusión, y entre ellas salí yo. Así surgió la leyenda de la santa.

*Noticia*

## EL INFORMADOR
### Guadalajara, Jalisco, 23 de diciembre de 1931

Sanguinario y extraño asesinato se cometió en los terrenos de los patios del ferrocarril. Gran sorpresa se llevó el mecapalero Cirilo Gómez cuando de madrugada se encaminaba a su trabajo al mercado de la leña, al cruzar como todos los días por los patios del ferrocarril, esta vez se encontró con el cuerpo de un hombre degollado y desorejado, inmediatamente dio aviso a las autoridades. La víctima fue identificada como el capitán retirado Joaquín Mendoza, que en la actualidad se desempeñaba como agente de la policía secreta.

Hasta el momento se desconoce cómo ocurrieron los hechos y los culpables de tan terrible homicidio; no se descarta que el homicidio esté relacionado con una venganza por el trabajo que el hoy difunto desempeñaba.

\*\*\*

—Tú debes de ser Ángel, eres casi como Mario te había descrito, aunque un poco más alto. —Elena era joven, el luto acentuaba su blancura. Pelo negro, labios delgados, ojos grandes café claro, me tendió su mano, estaba fría—. Gracias por venir.

Eran cerca de las diez de la noche, la funeraria estaba casi sola. Contando a Elena, en la sala había cinco personas, por sus facciones intuí que todas eran familiares de ella, con la mirada traté de buscar en otros salones a la mamá de Mario. Elena se percató.

—No han venido, les llamé antes de comunicarme contigo, me contestó su hermana María Beatriz, sin que ella me lo pidiera le dejé los datos de la funeraria, no sé si sabes que su familia se había distanciado de él desde que supieron que se casaría. Yo pensé que ahora que Mario…, bueno…, que pasó esto, ellas podrían perdonarlo, aunque la noche aún es corta.

La voz de Elena sonó resignada pero tranquila, como si la muerte de su esposo no le atañera en forma directa. Llegaron hasta mí los versos de Eliot, recitados desde más allá de los sueños.

Abril es el mes más cruel, engendra
lilas en tierra muerta, mezcla
memoria y deseo, remueve
lentas raíces con lluvia primaveral.

—¿Quieres que te sirvan un café?

Acepté, alguno de mis amigos habían dicho que la funeraria Martínez del Toro era una de las más antiguas de la ciudad y que el café que ahí servían era el mejor. La construcción era una vieja casona afrancesada de principios de siglo XX, en el vestíbulo principal una gran escalera tipo imperio daba muestra de su lejano esplendor. De alguna forma aquel lugar me recordaba la casa de Mario.

—Aquellos de allá son mis padres y mis hermanos, si no tienes inconveniente me gustaría presentártelos. —Asentí, nos dirigimos hasta ellos—. Él es Ángel, el mejor amigo de Mario.

—Mucho gusto, tú debes de ser el escritor, él hablaba mucho de ti.

Me sentí incómodo. Si de por sí la idea de andar por ahí con la etiqueta de pertenecer a un gremio del que ya dudaba formar parte me hacía sentir como un farsante, agregarme el título de mejor amigo de un hombre al que en la última década había visto tres veces y la más cercana hacía dos años, aumentó mi sentimiento de traición.

—Lo que ocurre es que Mario siempre fue un buen hombre, muy religioso, que trataba a todos a su alrededor con respeto. —Al decir esto no pude dejar de observar que la madre de Elena hizo una mueca de incomodidad; el ambiente se volvió tenso.

—Así es, pero muchas veces la gente cambia —dijo la madre de Elena mirándome a los ojos en forma retadora.

Elena me tomó del brazo y, mientras me retiraba del lugar, dijo:

—Nos vamos a servir un café. ¿Les traemos uno?

Ninguno aceptó, a lo lejos noté que los suegros de Mario comenzaban a discutir en voz baja.

—Perdona, creí que estabas enterado, debí preguntarte para ponerte en antecedentes. Mario y yo teníamos tres meses de habernos separado, la situación no terminó muy bien. Cuando mis padres se dieron cuenta de que él y yo teníamos problemas y que estos habían llegado a la violencia física, mi padre lo despidió de la tienda. Él exigió que lo indemnizara, yo me salí de la casa y me refugié con ellos. Un día Mario llegó borracho y trató de sacarme de ahí a la fuerza, pero mis hermanos intervinieron. Fue a dar a la cárcel, de eso hace casi un mes. No volví a saber de él hasta hoy por la mañana que me llamaron del ministerio público para que lo identificara. Los vecinos habían reportado un olor fétido, cuando la policía entró en la casa, hacia tres días que había fallecido. Por eso el ataúd lo entregaron sellado. No alcanzamos a firmar el divorcio.

A mis oídos llegaron los versos de Eliot:

Flebas el Fenicio lleva quince días muerto
olvidó el grito de las gaviotas
el hondo oleaje del mar
la pérdida y la ganancia…

—¿Ángel, estás bien? —Desde la lejanía me llegaba la voz de Elena mezclada con los versos que proseguían:

Una corriente submarina
recogió sus huesos en susurros. Entre subidas y bajadas
atravesó las etapas de su juventud y vejez
entrando en el remolino.

—Para la vejez no tuvo tiempo —me escuché decir en voz alta sin proponérmelo.

—No, apenas cumpliría los treinta y cinco años —contestó ella—. Espero que ahora comprendas la actitud de mi madre y no la tomes a mal.

—Está bien, no te preocupes...

—Siempre pensé que Mario me culpaba por haberme embarazado, eso lo orilló a dejar el sacerdocio y lo aisló de su familia, pero a los seis meses perdimos al niño. No lo superó, dejó de acercarse a mí, comenzó a dormir en el piso. Al regresar a casa, por la noche, tenía que acompañarlo a rezar el rosario, hasta que un día me negué y lo dejé solo con sus mortificaciones, así nos fuimos amargando...

Luego noté que su ropa interior siempre tenía manchas de sangre y descubrí que debajo se amarraba lazos de ixtle con cilicios, cuando le pregunté por qué, me dijo que era su penitencia, que no me metiera, que yo ya había hecho bastante daño.

—Al final, Mario se suicidó... Eso aún no lo comprendo, para sus creencias ese era un acto que jamás le será perdonado. No sé qué pudo ocurrir, la soledad, el remordimiento o el sentimiento de culpa inculcado desde la cuna…

—No lo podemos saber —dije para zanjar la situación.

—Localicé a un compañero suyo que es sacerdote y está dispuesto a celebrar mañana la misa de cuerpo presente.

—Si puedo estaré ahí —dije para salir del paso, aunque sabía que no.

Nos quedamos sentados en silencio, al poco rato Elena se retiró hacia donde estaban sus padres. A la una de la mañana me despedí. Me fui caminando por la calle Clemente Orozco, las copas de los árboles extendían las sombras de la noche. Un pequeño murciélago pasó silbando frente a mí y se perdió en la oscuridad del follaje.

Una mujer soltó su largo pelo negro
y halló susurrante música en esas cuerdas,
y murciélagos con caras de bebés en la luz violeta
silbaban, batían las alas,
reptaban cabeza abajo por un muro negruzco
y en invertidas torres de aire
tañían reminiscentes campanas dando las horas
y resonaban voces en cisternas vacías y exhaustos pozos.

Esa madrugada decidí escribir la historia…

*Guadalajara, Jalisco, México, otoño del 2010*

# Índice

*El sermón de los muertos,* de Miguel Ángel de León Ruiz V.
se terminó de imprimir en febrero de 2015
en Quad/Graphics Querétaro, S. A. de C. V.,
Fracc. Agro Industrial La Cruz El Marqués
Querétaro, México.